KB104236

바람이
내 등을 떠미네

아픈 청춘과 여전히 청춘인 중년에게

바람이
내 등을 떠미네

한기봉 감성에세이

디오네

"인간사 모두가 고해이거늘

　바람은 어디로 가자고

　내 등을 떠미는가"

_이외수, 「11월」 중에서

나이 먹어 처음 책을 냅니다.

지난 세월 돌이켜 보면 앞을 머뭇거리고, 옆을 두리번거리고, 뒤를 기웃거리며 살아왔습니다.

결국 나의 천적은 나였던 것입니다.

아무리 무대에서 도망치려 해도 내 삶의 주연은 나였던 것입니다.

여기 있는 글들은 내 안의 끊임없는 기척이자 얼룩입니다.

나를 대신해 울어 준 곡비이기도 하고, 숨이 차서 수면에 올라와 내뱉은 해녀의 숨비소리 같기도 합니다.

모든 유한함 앞에 마주 선 대책 없는 고독과 허무의 독백이기도 하고, 모든 관계의 유효기간과 유통기한 앞에서 흘린 한숨과 눈물이기도 하고, 삶의 어느 한순간 휘몰아친 성찰과 희로애락의 고백이기도 하고, 세상과 세상사와 사람들에 대한 애정과 투정과 시비입니다.

결국은 모든 변해 가는 것들, 그리고 흘러가는 세월과 대적하고 수작하면서 불현듯 깨닫고 새삼 느낀 것들입니다.

은퇴한 후 이곳저곳에 쓴 글들을 골라 책으로 엮자니 손 안 대고 코를 푸는 것 같아 부끄럽습니다.

대략 최근 3~4년간 세상사에 대한 단상, 생활 속의 사적 경험, 주변의 사람과 사물과의 관계, 가족, 남자와 여자, 젊음과 늙음, 세월과 계절, 코로나 시대에 대한 생각들입니다.

파도보다는 파도를 일으키는 바람을 보려고 했습니다.

청춘에게 하는 말도 꽤 있습니다. 그렇다고 꼰대질까진 아닙니다. 나도 그 나이에 있어 봤고, 그들도 언젠가는 내 나이가 될 것입니다. 어른도 아프다는 걸 청춘은 잘 모릅니다. 어쩌면 중년이 가장 힘들고 아프고 외로운 나이인데도요. 나이 듦이 과오는 아닙니다. 나이 듦의 비극은 늙었다는 게 아니라, 여전히 젊다는 데 있지요.

이제 저는 두 장의 손수건이 필요한 나이가 됐습니다.

들키지 않고 남몰래 내 눈물을 훔칠 한 장, 손수건이 필요한 이들의 눈물을 닦아 줄 한 장.

여기 있는 글들이 힘든 중년에게, 아픈 청춘에게 잠시라도 공감과 위로와 연대감을 줄 수 있다면 좋겠습니다.

책을 준비하던 중 갑작스레 병상에 누운 평생의 반려이자 멘토, 사랑하는 아내 정로사의 머리맡에 가장 먼저 이 책을 바칩니다. 벌떡 일어나 책장을 넘기면서 "부끄럽게 우리 가족 이야기는 왜 썼어요" 하며 눈을 흘기면 행복할 겁니다. 맨날 뭘 그리 쓰냐던 지청구가 그립습니다. 아내의 쾌유를 간절히 기도합니다.

인세가 조금이라도 들어오면 술 안 사 먹고 치료비에 보태겠습니다.

나의 분신 샘이, 만규가 내 나이가 되어도 가끔 이 글로 아빠를 기억하고 그리워해 주면 좋겠습니다.

생의 한 가운데 저에게 힘과 위안과 기쁨과 고통과 각성을 준 분들에게도 고마움을 표합니다. 그들이 이 책의 공동 저자입니다.

보잘것없는 잡문을 모아 책을 만들어 준 출판사 디오네 관계자들께도 밥 사겠습니다.

어쨌든 살아야겠습니다.

살아 내야겠습니다.

꽃이 지기로서니 바람을 탓하겠습니까.

봄꽃이 진 자리엔 잎이 늦게 핍니다.

제비꽃은 제비꽃대로 피면 되고 진달래는 진달래답게 피면 됩니다.

바람이 내 등을 떠밉니다.

어디론가 가라고 합니다.

눈이 오면 눈길을 가고, 비가 오면 빗길을 가면 되지요.

정직한 절망이 희망의 시작입니다.

_2021년 봄비 내리는 어느 날, 마스크를 벗고

3장

불현듯,
새삼스럽게

1장
· · · ·
삶에
수작 걸다

나이는 과연 누구와의, 무엇과의 약속일까.

"How old are you?"라고 묻지 말고
"How old do you feel?"이라고 물으면 웃기는 걸까.

얼마나 늙어야 진짜로 늙은 걸까.
내 나이는 나의 진정한 내면과 외면
모두를 반영하는 것일까.

연필을
깎으며

　오늘도 책상에 앉아 연필을 깎는다. 책상에 앉으면 작은 노트를 펼치고 필통에서 연필과 칼부터 꺼내 드는 게 오랜 버릇이다. 언젠가 선물 받은 분에 넘치는 고급 카르티에 볼펜과 몽블랑 만년필은 서랍 속에서 잠잔 지 오래다. 정확히 언제부터인가는 모르겠다. 연필을 왜 좋아하게 됐는지.

　유년의 기억이 있다. 저녁상을 물리고 따뜻한 아랫목에 앉은뱅이책상을 끌어와 숙제를 하노라면 아버지가 곁에서 연필을 깎아 주셨다. 어린 눈에 아버지의 연필 깎는 솜씨는 신의 경지였다. 어두운 전등 아래, 때론 전기가 자주 나갈 때니 등잔불 아래서도 마치 기계로 깎은 듯 질서정연했다. 평생 교직에 계셨던 내 아버지는 연필 쥐는 법부터 깎는 법, 몽당연필을 늘려 오래 쓰는 방법을 가르쳐 주셨다. 아, 다시는 돌아갈 수 없는 정경이다.

그 시절 연필은 품질이 떨어졌다. 나뭇결마다 단단함이 다르고 흑연과 점토의 비율이 균등하지 않아 흑심이 균질하지 않았다. 칼이 리듬을 못 타면 나무는 삐뚤빼뚤해지고 촉은 울퉁불퉁해졌다. 심의 점도가 약해서 연필 끝을 혓바닥 침에 묻혀 가며 글씨를 썼다. 색색의 외제 색연필이나, 향나무 냄새가 솔솔 풍기는 고급 연필을 쓰는 아이들이 참 부러웠다. 지금 교실에서는 운동화나 백팩, 휴대폰 브랜드가 자랑이라면 그때는 단연코 연필이었다.

책상에 앉아 연필에 칼을 댄다. 사각사각 뽀얀 나뭇결이 드러나며 연필밥이 동그랗게 말린다. 미세한 나무향이 풍겨 온다. 깎인 부위와의 경계에 피어난 손톱 같은 칼자국은 길이와 넓이가 일정해야 마음이 안정된다. 드디어 칼날이 HB 연필심을 살짝살짝 벼린다. 금속과 흑연의 한판 대결, 클라이맥스다. 그 떨리는 손맛. 너무 힘을 주면 심이 패거나 가늘어진다. 엄지가 부드럽게 적당한 압력으로 칼등을 밀어 주어야 연필심은 굵기와 길이가 아름답게 빛난다. 그래서 나는 연필깎이를 쓰지 않은 지 오래다.

미국 만화가 데이비드 리스라는 사람은 『연필 깎기의 정석』이란 책을 썼다. 세상에 할 일이 그리 없어서 연필 깎는 기술을 연마했을까. 하지만 그는 매우 진지하다. 책을 읽다 보면 가장 보잘것없는 일이 때로는 가장 심오하다는 것을 깨닫는다. 우리 삶에서 연필 한 자루 완벽하게 깎는 것조차 기실 만만한 일이 아니다.

연필 깎기는 흐트러진 자세를 작업 모드로 전환하는 나만의 준비체조다. 짧은 몇 분의 경건한 의식이자 명상이다. 뾰족해진 연필로 글의 소재나 구성, 꼭 쓰고 싶은 단어나 표현을 이것저것 공책에 써 놓고 나서 전원을 켜고 자판을 두드리기 시작한다. 그러다 생각이 떠오르거나 혹은 오래 떠오르지 않으면 다시 연필을 든다. 키보드에는 연필이 주는 섬세함, 모니터에는 공책이 주는 여백이 없다.

연필을 쥐면 따스한 느낌이 전해 오기 시작한다. 금속 혹은 플라스틱 재질의 만년필이나 볼펜이나 샤프처럼 차갑지 않다. 나무는 오감을 확장한다. 하얀 종이에 연필로 글을 써 내려갈 때는 아무도 밟지 않은 눈밭에 첫 발자국을 내딛는 기분이 든다. 명품 연필과 질 좋은 종이가 마찰하며 내는 마른 낙엽 스치는 듯한 소리, 연필을 따라 올라오는 삼나무나 향나무의 아련한 향, 손아귀가 느끼는 부드럽고 단단한 악력······.

시각과 청각과 후각과 촉각이 조화를 부리며 얼음처럼 굳은 머리를 서서히 다정하게 녹여 준다. 영감의 도구다. 나에게 맞는 최고의 연필을 만난다는 건, 일생의 배우자를 만나는 것과 같은 행운이다. 어떤 물건은 때론 필요성보다 감성적 가치로 존재하는 법이다. LED등이 전구를 다 바꾸었어도 양초는 여전히 어둠 속에서 빛을 발하고, 음원과 스트리밍의 시대에도 턴테이블의 바늘은 돈다.

나의 최애 연필은 존 스타인벡이 가장 좋아했다는 팔로미노의 검은색 블랙윙 602다. 'HALF THE PRESSURE, TWICE THE SPEED(손힘은 절반, 속도는 두 배)'라고 삼나무 몸체에 금박으로 새겨져 있다. 지우개는 끼웠다 뺐다 할 수도 있고 리필도 된다. 부드럽게 한없이 밀려 나가는 필기감이 심연 속으로 빠져드는 것만 같다. 팔로미노와 쌍벽을 이루는 파버카스텔 9000도 못지않게 아낀다. 길이가 20센티인 블랙윙보다 5센티 짧아손에 착 감긴다. 기분에 따라 독일 스테들러의 마스루모그래프나 스위스우드의 카렌다쉬도 가끔 쓴다.

연필을 좋아하다 보니 연필 애호가를 보면 동지애를 느낀다. 누군가의 사무실에 갔을 때, 데스크톱 옆에 몰스킨 다이어리가 펼쳐져 있고 그 위에 고급스럽고 클래식한 녹색 파버카스텔 연필 몇 자루와 지우개가 무심히 놓여 있으면 그 사람을 다시 쳐다보게 된다. 심을 보호하는 황금빛 금속의 포인트 가드까지 씌워 있다면 더 격조가 풍긴다. 이 사람도 나처럼 연필을 사랑하는구나, 내 부류구나.

세계의 대문호 중에는 연필 예찬론자가 많았다. 어니스트 헤밍웨이는 집필량을 사용한 연필 개수로 가늠했다고 한다. 그의 일기에는 "오늘도 연필 일곱 자루를 해치웠다"라는 대목이 있다. 존 스타인벡은 마음에 드는 연필을 찾아 헤맸다. 그가 블랙윙 602를 만나고 나서 얼마나 기뻐했는지 이런 글을 남겼다.

새 연필을 찾아냈어. 지금껏 써 본 것 중에 최고야. 물론 값이 세 배는 더 비싸지만 검고 부드러운데도 잘 부러지지 않아. 아마 이걸 평생 쓸 것 같아. 정말로 종이 위에서 활강하며 미끄러진다니까.

반 고흐는 지인에게 보낸 편지에서 "이 연필은 단단하면서도 매우 부드러워. 재봉사 소녀를 그릴 때 이걸 썼는데 석판화 같은 느낌이 들어서 정말 만족스러웠어. 부드러운 삼나무에 짙은 녹색이 칠해져 있지. 가격은 한 개에 20센트밖에 하지 않아"라고 썼다. 고흐를 흥분시킨 연필은 파버카스텔 9000이었다.

연필은 가장 저렴한 필기구다. 하지만 작은 사치에 비해 호사감은 크다. 동아연필, 문화연필, 모나미같이 질 좋은 국내산 연필 한 다스는 2,000~3,000원이다. 가장 비싼 블랙윙도 국내에서 한 다스에 3만 원, 파버카스텔은 1만 원에 살 수 있다. 한 자루에 1,000~2,500원꼴이다. 기실 기천 원에 불과하지만 연필 한 자루를 몽당연필이 될 때까지 쓰기란 인내와 세월이 필요하다. 더 이상 쥐기 어려울 때, 그 연필과 헤어져야 하는 순간은 연인의 이별 같다.

연필의 배우자는 지우개다. 지우개가 없다면 연필은 존재할 이유가 없다. 연필은 은밀하다. 만년필이 공적이라면 연필은 사적이다. 평생 박박 지운 게 더 많을지 모른다. 한없이 번민하고 후회한 내 삶과 어지러운 생각을 연필은 알고 있다. 어느 대중가요처럼 사랑은 처음부터 너무 진한 잉크로 시작하면 안 된다. 연필로 써야 한다. 쓰다가 쓰다가 틀리면 지우개로 깨끗이 지워야 하니까.

여전히 고집스럽게 디지털 활자를 배격하는 작가 김훈은 연필과 지우개가 없으면 글을 한 자도 쓸 수 없다고 고백한 적이 있다.

"연필로 쓸 때 온몸이 글을 밀고 나가는 느낌이 든다. 책상 위에는 저녁마다 지우개 가루가 눈처럼 쌓이고 두어 장의 원고가 늘어난다. 인생은 고해인 것이다." 그의 육필 원고는 '육향'이요, 노란 스테들러 연필은 평생의 밥벌이 도구다.

서랍에서 연필들을 꺼내 본다. 긴 놈, 짧은 놈, 둥그런 놈, 각진 놈, 이 색, 저 색, 각양각색의 연필들이 제 몸이 닳리고 깎여왔다. 뭉툭한 놈을 골라 깎아 준다. 마치 생명의 숨결을 불어넣어 주는 기분으로. 그런데 연필의 소명은 소멸이다. 연필은 다른 필기구와 달리 몸통이 통째로 소진된다. 인생이 세월의 파도에 부딪쳐 조금씩 뭉툭해지고 짧아지며 소멸돼 가듯.

엄마와
어머니

나이 먹어 가면서 엄마에 대한 호칭이 바뀌어 갔다. 언제부터인가 전화를 드릴 때 나도 모르게 "어머니, 저예요"라는 말이 튀어나오곤 했다. '엄마'라는 호칭은 왠지 내 나이에는 계면쩍은 것 같았다. 때로는 두 호칭을 막 섞어서 쓰기도 했다. 그런데 추석 연휴에 고향에 다녀와서 나는 확실히 알게 됐다.

부엌에 계신 당신에게 "어머니"라고 부르니 못 알아들으신 듯한데, "엄마"라고 부르니까 반사적으로 고개를 즉각 돌리시는 거였다. 어머니 얼굴에 생기가 확 도는 걸 보았다. 아, 내 어머니는 엄마라고 불리길 좋아하는구나.

엄마라는 호칭에는 "나는 당신의 새끼입니다"라는 후렴이 붙어 있다. 어미의 눈에는 자식은 머리가 아무리 하얘져도 다 새끼다. "어머니"라고 부르면 가족의 위계질서 느낌이 있지만, "엄마"는 그저 피붙이 살붙이다. 아들과 달리 딸들은 평생을 한결같이 "엄마"라고 부른다. 자신이 '엄마'가 돼서 그런지도 모르겠다. 시어머니에게 "엄마"라고 부르는 며느리는 못 봤다.

예의범절을 따지는 어른들이 자식은 성인이 되면 부모를 '아버지' '어머니'라고 불러야 한다고 주장하는 걸 들었다. 그런데 사실 어머니가 엄마의 존댓말은 아니다. 두 단어는 단지 유아어와 성인어의 차이일 뿐이다. 엄마의 존칭은 '어머님'이다.

소설이라는 장르가 탄생한 이래 가장 강렬한 첫 문장으로 회자되는 작품. "오늘 엄마가 죽었다"는 짧고 군더더기 없는 문장으로 시작하는 알베르 카뮈의 『이방인』이다.

1950년대 불문학계 원로 이휘영 교수는 "오늘 어머니가 돌아가셨다"로 번역했다. 1980년대 들어 그의 제자였던 김화영 교수가 "오늘 엄마가 죽었다"로 바꿔 번역하면서 이 문장이 국내에서도 불세출의 문장이 됐다. 카뮈는 굳이 아이들의 표현인 '마망Maman(영어의 Mom)'을 썼으니 제자의 번역이 감을 제대로 살린 거다.

소설가 신경숙의 베스트셀러 『엄마를 부탁해』는 "엄마를 잃어버린 지 일주일째다"로 시작해서 "엄마를, 엄마를 부탁해"로 끝난다. 작가는 첫 문장을 두고 오랫동안 고민하다 '어머니' 대신 '엄마'라는 호칭을 쓰면서 글이 술술 풀렸다고 털어놓은 적이 있다.

영화 〈라이언 일병 구하기〉를 보면 전우의 품에서 죽어 가는 병사들의 마지막 말은 대부분 "집에 가고 싶어"나 "엄마를 보고 싶어"다. 2차 세계대전 때 일본군들은 "천황폐하 만세"를 외치며 장엄하게 전사했다고 미화됐다. 참전 군인의 증언을 들어 보면 다르다. 마지막 순간에는 다 "오카상(어머니)"을 불렀다고 한다.

엄마는 내가 존재하는 한 이 세상 어디에든 있다. 냉장고 속 고등어에(김창완, 〈어머니와 고등어〉), 고향 마을 뒷산에 열린 홍시에(나훈아, 〈홍시〉), 짜장면 한 그릇에(god, 〈어머님께〉), 짠 설렁탕 국물에(함민복, 「눈물은 왜 짠가」)도 엄마는 있다. 이 세상 엄마들은 어디선가 '엄마'라는 소리가 들려오면 본능적으로 고개를 돌린다.

그래도 우리는 엄마를 몰랐다. 엄마는 이래도 되는 줄 알았다. 심순덕 시인은 어느 날 한밤중에 방구석에 앉아 외할머니 사진을 보며 소리 죽여 울던 엄마를 보고 나서 비로소 알았다고 했다. 엄마도 그럴 수 있음을. 엄마에게도 엄마가 있었음을.

하루 종일 밭에서 죽어라 힘들게 일해도 / 찬밥 한 덩이
로 대충 부뚜막에 앉아 점심을 때워도 / 한겨울 냇물에
맨손으로 빨래를 방망이질 해도 / 배부르다 생각 없다 식
구들 다 먹이고 굶어도 / 발 뒤꿈치 다 헤져 이불이 소리
를 내도 / 아버지가 화내고 자식들이 속 썩여도 전혀 끄
덕 없는 / 엄마는 그래도 되는 줄 알았습니다

　　　　　　_심순덕, 「엄마는 그래도 되는 줄 알았습니다」 중에서

　내가 본 엄마의 글 중 가슴을 가장 먹먹하게 했던 것은 세월
호 희생자 단원고 학생 엄마가 합동분향소에 남긴 편지다. 나
는 이 문장을 옮기는 지금도 눈시울이 붉어진다.

*엄마가 모든 걸 잘못한 죄인이야. 몇 푼 벌어 보겠다고
일하느라 마지막 전화 못 받아서 미안해. 엄마가 부자가
아니라서 미안해. 없는 집에 너 같이 예쁜 애를 태어나게
해서 미안해. 엄마가 지옥 갈게, 딸은 천국에 가.*

　정한모 시인의 시 「어머니」 첫 구절은 절창 중 절창이다. "어
머니는 / 눈물로 / 진주를 만드신다."

　고향의 품은 엄마의 품이다. 나이 먹었어도 동구 밖 과수원

길에서부터 엄마의 비릿한 젖 냄새가 바람에 풍겨 온다. 비록 그 모양은 중력에 의해 쭈글쭈글해졌어도 내가 힘차게 빨아 대던 젖이다. '어미 모母'는 유방 모양이다. 엄마는 내 존재의 근원이다.

나는 홀로 사는 내 늙은 엄마가 바리바리 싸 준 반찬과 고춧가루를 들고 고향에서 돌아왔다. 내가 드린 용돈은 차비가 되어 다시 내 호주머니로 왔다. 며칠간 비웠던 집은 썰렁했다. 전화를 드렸다. "엄마, 저 잘 도착했어요. 힘드셨죠?" 돌아온 대답은 "니들이 고생했지, 엄마가 뭐 한 게 있다고."

How Old Is Old?

매일 출퇴근하는 일터에서 퇴직한 지 꽤 됐으니 나도 나이가 먹은 축에 든다. 그런데 세월의 흔적이야 어쩔 수 없겠지만, 내 나이의 정체성에서는 아직도 혼란을 느낀다.

지공거사(지하철 공짜로 타는 사람)가 되기까지는 좀 남았지만, 노령연금(국민연금)이라는 걸 받기 시작했다. 그 명칭대로라면 난 노령이다. 하지만 아직 지하철에서 자리를 양보받는 사태는 다행히 일어나지 않는다.

나는 여전히 "다녀오세요"라는 아내의 다정한 배웅을 받으며 윤이 나는 검은 가죽 가방 들고 룰루랄라 출근하고 싶다.

점심시간을 기다리며 '오늘은 무얼 먹나' 행복한 고민도 하고, 저녁 6시면 칼퇴를 하는 직장에서 월급날을 기다려 보고 싶다.

하지만 누가 나를 특별히 생각해 주지 않는 이상, 날 불러 주는 곳은 이제 없다. 내가 찾아야 한다. 그런데 한자리 차지하겠다고 이리저리 이력서 들이밀고 연줄을 동원하는 건 경력과 관계없이 '사회질서상' 좀 면구스러운 연배다.

그러니 이제 비정규직밖에 없다. 이런 저런 단체에 한 달에 몇 번쯤 나가 회의에 참석하거나, 가끔 특강을 하거나, 운 좋으면 대학 초빙교수 한두 학기 하거나, 이런 잡문일지언정 글이랍시고 써서 원고료 받아 생활비에 보탠다.

무엇보다 육체적으로 정신적으로 아직은 팔팔한데 말이다. 비가 온다고 눈이 온다고 밤 이슥하도록 지인들과 통음도 하고, 아직 팔굽혀펴기나 윗몸일으키기 수십 개는 거뜬하고, 치아는 여전히 호두를 깨물 수 있고, 구구단은 0.1초 안에 답을 말할 수 있고, 웬만한 나라의 수도 이름은 다 꿰뚫고 있는데 말이다.

며칠 전 고교 동창끼리 저녁을 먹는 자리에서 누가 뜬금없이 물었다. "도대체 우린 늙은 거야, 젊은 거야?" 아무도 자신 있게 손을 들지 못했다. 외국에 오래 살다 들어온 한 친구가 영어로 한마디 얹었다. "How old is old?" 수명이 늘어나니 외국에서도 이 질문이 자주 토론 소재가 된다고 한다.

정말 얼마나 늙어야 늙은 걸까. 유엔이 2015년에 새로 발표한 인간생애주기 연령지표에 따르면 난 청년(18~65세)에 속한다. 그 기준을 보면 중년은 66~79세이고, 80~99세가 노년, 100세부터는 장수 노인이다. 내가 중년에도 못 끼고 청년에 해당된다니 고맙다고 해야 할지, 죄송하다고 해야 할지 모르겠다. 그러나 어쨌든 누구도, 국가도 날 보고 청년이라고 부르지는 않는다.

난 마흔에 수없이 혹했고, 쉰에 하늘의 뜻은커녕 한집에 사는 사람의 속내도 몰랐다. 이제 숨 좀 돌리고 삶을 즐길 만한 예순에 어찌 귀가 순해지겠는가. 내 욕하는 거 다 들리고, 날 유혹하는 속삭임은 더 잘 들린다.

늙음에 대한 많은 격언과 명언이 있다. 내가 좋아하는 소설 속 두 문장이 있는데, 하나는 나를 위로하고 하나는 나를 슬프게 한다.

네 젊음이 네 노력의 보상이 아니듯, 나의 늙음도 나의 과오에 의한 것이 아니다.

_박범신, 『은교』 중에서

나이 든 사람의 비극은 그 사람이 나이가 들었다는 데
있는 것이 아니라, 그 사람이 여전히 젊다는 데 있다.

_오스카 와일드, 『도리언 그레이의 초상』 중에서

나이는 과연 누구와의, 무엇과의 약속일까. 그 연대기적 숫
자의 많고 적음에 따라 일과 제도와 혜택이 결정되는 게 백 퍼
센트 온당할까. 아침에 일어날 때마다 어느 날은 기분이 스무
살 같고 어느 날은 일흔 같은데, 나이가 '상태'나 '기분'을 기준
으로 하면 안 되는 것인가.

"How old are you?"라고 묻지 말고 "How old do you
feel?(몇 살로 느끼세요?)"이라고 물으면 웃기는 걸까.

얼마나 늙어야 진짜로 늙은 걸까. 내 나이는 나의 진정한 내
면과 외면 모두를 반영하는 것일까. 이름도 바꿀 수 있는 시대
인데 스스로 나이를 결정할 권리는 없는 걸까. 그날그날 아침
에 일어났을 때 기분이 말해 주는 나이대로 살면 어떨까.

오늘은 30대로 돌아가 휴대폰도 집에 놓고 그 시절 팝송을
틀어 주는 어디 LP바를 찾아가 볼까나. 그럼 내일은 몇 살이
돼 볼까?
별 발칙한 생각을 다 해 봤다. 이게 나이 든 사람의 주책이
라면 할 말 없지만.

'오빠'가
그리 좋은가?

이제부터 세상의 남자들을

모두 오빠라 부르기로 했다

(중략)

오빠! 이 자지러질 듯 상큼하고 든든한 이름을

(중략)

오빠라는 말로 한방 먹이면

어느 남자인들 가벼이 무너지지 않으리

(중략)

오빠로 불려지고 싶어 안달이던

그 마음을

어찌 나물 캐듯 캐내어주지 않으랴

오빠! 이렇게 불러주고 나면
세상엔 모든 짐승이 사라지고
헐떡임이 사라지고
오히려 두둑한 지갑을 송두리째 들고 와
비단구두 사주고 싶어 가슴 설레는
오빠들이 사방에 있음을
나 이제 용케도 알아버렸다.

_문정희, 「오빠」 중에서

이제부터 오빠 말 놓게 / 오빠라고 불러 봐 / 오빠 빼고는
전부 다 짐승 / 할래 말래 나랑 사랑 안 할래? / 오빠 말
고는 전부 다 도둑놈 / 웬만하면 나랑 사귀어 / 오빠 잘할 수
있어 / 오빠 진짜로 나쁜 놈 아니란다 / 알고 보면 진국이
란다

_노라조, 〈오빠 잘할 수 있어〉 중에서

　자지러질 듯 상큼하고 든든한 이름, 오빠! 오빠라고 불러 주
면 비단 구두라도 사 들고 쫓아올 남자. 오빠 빼고는 다 늑대
고 도둑놈이니 제발 오빠하고 사귀자고 졸라대는 남자⋯⋯.

　이 시대 남자들은 왜 그리 오빠라고 불리고 싶어 안달하고
환장할까. 집에서는 아무 힘도 못 쓰다가 밖에서 젊은 여자라
도 보면 오빠로 돌변하는 남자들. 그 '순진한' 용감함이 불러

온 허망한 결과를 자주 목격하는 요즈음, '오빠'라는 호칭을 생각한다.

오빠, 이 호칭은 참으로 오묘하다. '우리는 친밀한 사적 관계'라는 암묵적 뉘앙스를 품고 있다. 그래서 남자들을 기분 나쁘지 않게 미혹시키는 단어다.

남녀공학 대학에서는 70~80년대 학번만 해도 여학생은 남자 선배나 복학생을 "형"이라고 불렀다. 그건 그냥 중립적인, 또는 중립적이고 싶은 호칭이다. 그런데 "오빠"라고 부르는 건 좀 다르다. 평소 "선배"라고 부르던 여자 후배가 갑자기 "오빠, 오늘 나 술 한잔 사 줄래?"라고 한다면? 당신은 잠시 혼란과 기대와 갈등에 빠질 것이다.

학생들의 미투로 성추행·성폭행 의혹을 받다가 극단적 선택을 한 유명한 탤런트 교수는 제자에게 "야, 교수님이 뭐냐? 그냥 다정하게 오빠라고 불러"라는 문자를 보냈었다. 수컷의 욕망을 자상하고 듬직한 얼굴을 한 오빠 가면 속에 감추고 있던 것이다. 남자가 오빠 드립을 치는 건 썸을 타고 있다는 속내를 드러내는 것임을 눈치 빠른 여자들은 다 안다. "오빠만 믿어"라는 말은 '착한 오빠' 코스프레 혐의가 짙다. 같은 레벨이지만 교회오빠와 교회누나의 어감은 다르다. 누나는 썸 타는 사이가 되기 어렵다.

그래서 시작은 오빠였지만, 끝은 남자가 돼 버리는 일이 많다.

> 그냥 편한 느낌이 좋았어 / 좋은 사람이라 생각했어 / 하
> 지만 이게 뭐야 점점 남자로 느껴져 / 아마 사랑하고 있
> 었나 봐 / 오빠 나만 바라봐 바빠 그렇게 바빠 / 왜 날 여
> 자로 안 보는 거니 / 다른 연인들을 봐 봐, 첨엔 오빠로
> 다 시작해 / 결국 사랑하며 잘 살아가
>
> _왁스, 〈오빠〉 중에서

요즘은 연인이나 남편도 흔하게 오빠로 불린다. 이때 오빠라
는 가족적 호칭은 남녀 관계가 환기하는 내밀한 상상을 어느
정도 희석해 주는 효과가 있긴 하다. 또 여자는 남자에게 보호
받고 의지한다는 잠재의식이 깔려 있다. 관계의 평등성에서 이
미 기울어진 것이다.

그런데 말이다. 오빠도 '젊은 오빠'라야 말이 된다. 늙으면
오빠가 안 된다. 나이 든 남편은 "아버지도 아니고 오빠도 아
닌 / 아버지와 오빠 사이의 촌수쯤 되는 남자(문정희, 「남편」)"다.

여전히 오빠 코스프레를 하고 싶은가.

바람이 분다,
살아야겠다

　여름, 이놈도 드디어 바람에 등을 떠밀려 가는구나. 한 줄기 새벽바람에 눈을 떴다. 창문을 열고 잠이 들었나 보다. 이불을 슬며시 끌어당겼다. 자지러지게 울어 대던 수매미도 힘이 빠졌구나. 7년 어두운 땅속에서 나와 날개 달고 보름 동안 교미 한 번 하자고 목 놓아 암컷을 부르다 스러져 가고 마는 너. 그게 너의 고종명考終命이거늘. 오늘따라 쇠잔해진 울음소리가 처연하다.

　여름 내내 수박과 포도와 복숭아를 달고 살았다. 과일값도 장난이 아니니 조각으로 또는 알알이 해체해 비닐봉지에 담아서 냉장고에 넣어 놓았다. 목구멍은 밤새 갈증에 시달렸다. 새벽에 선잠이 깨면 보드라운 햇사레 복숭아 한 입을 깨물고, 고창 수박 한 조각을 씹었다. 그래도 조갈이 나면 대부도 캠벨 포도 몇 알을 목구멍에 터뜨렸다. 순간 입안에 퍼지는 단물의 서늘한 카타르시스. 불면에 시달린 머릿속이 청량해진다. 과육의 소화행마저 허락되지 않았다면 나의 여름은 지치고 남루했을 게다.

'주여, 지난여름은 위대했습니다… 들녘엔 바람을 풀어놓고… 마지막 과일들이 무르익도록 분부해 주소서(릴케, 「가을날」).' 지금쯤 검푸른 바다 깊은 곳에는 전어와 고등어가 살에 기름을 올리며 그 누구의 술상 안주에 오르고자 헤엄치고 있으리라. 개펄 바닥에서는 야들야들한 가을 주꾸미가 자라고, 어부들은 아이처럼 금어기(5. 11. ~ 8. 31.) 해제를 기다릴 거다.

여름내 냉기만 추종했던 내 미뢰味蕾도 이제 입맛을 다지고 있다. 어느 때부터인가. 계절은 사색하기도 전에 화급하게 하룻밤 사이에 가고 왔다. 숙취의 혐의로 일찍 깬 새벽. 바람의 점성이 다르다.

사위는 조용하고 머리는 명징하다. 혼자다. 촛불을 끄기라도 하듯 한 줄기 적막한 바람이 쉬익 스며든다.

이때다. 섬광처럼 뇌리를 스친 건지, 어디선가 들려온 건지 모르겠다. '바람이 분다! 살아야겠다!' 이 어스름한 개와 늑대의 시간에, 청춘 이후 망각한, 이 짧지만 강렬한 시구가 어디선가 날아와 창처럼 폐부를 찌를 줄이야.

프랑스 시인 폴 발레리의 난해한 장시 「해변의 묘지」마지막 연. 시의 역사 이래 이만한 절창이 또 있을까. 이 짧은 구절은 후대 시인들의 오마주였다. 시인 남진우는 이 시에 영감받아서 "바람이 불지 않는다. 그래도 살아야겠다"고 했다. '살아야 한다'가 아니고 '살아야겠다'다. '산다(vivre)'라는 동사를 'tenter(영어 try)'라는 또 다른 동사가 붙들고 있다. '살려고 애써야 한다'로 번역한 것도 있지만 그건 산문이지, 시가 아니다.

발레리는 생전에 프랑스의 대표적 지성으로 대접받았지만 영웅들의 안식처인 파리의 팡테옹에 묻히길 사양했다. 대신 지중해 파도와 해풍이 넘실대는 고향 남프랑스의 소읍 세트, 이 시를 잉태한 해변의 공동묘지에 영혼을 의탁했다.

삶이란 결국 바람의 성질인가? 미당 선생을 키운 건 팔 할이 바람이었다(서정주, 「자화상」). 시인 김수영에겐 '바람이 불기 전 풀이 알고 더 빨리 누웠다(김수영, 「풀」)'.

베란다로 나갔다. 바깥 창문을 활짝 열어젖혔다. 큰바람이 휘익 회초리처럼 얼굴을 때린다. 이 감미로운 고독. 그러나 이 부끄러운 신독愼獨. 바람은 그 시원始原으로 돌아가지 않는다. 인생도 편도片道. 이 바람도 잦아들다 결국은 소멸될 터다. 참으로 앞을 머뭇거리고 옆을 기웃거리고 뒤를 두리번거린 삶이었다. 비루하고 고단했다. 이제 너무나 쉬운 삶의 매뉴얼. 그래, 살아야겠다.

나의
판타스틱 장례식

사실 이런 소재로 글을 쓴다는 건 불편한 일이다. 읽는 사람도 그럴 것이다. 왜냐하면 이건 어느 날 갑자기 나에게도 당신에게도 닥칠 수 있고, 피할 수 없는 것이니까. 다만 우리는 발설하고 싶지 않을 뿐이다. 나의 장례식 이야기다.

어렸을 때 부모가 당신의 묫자리를 미리 봐 두고 가끔 그곳에 가서 잡초를 깎고, 고운 수의를 장만해서 장롱 깊숙이 넣어 두는 걸 보면 이상했다. 내가 죽으면 이렇게 저렇게 장례를 지내라, 하는 말씀도 마찬가지였다. 그게 자식을 위한 선의도 아니고, 결국 살아 있을 때의 당신 자신을 위한 것임을 이해하는 데는 긴 세월이 걸렸다. 죽음을 받아들이고 준비한다는 것은 결국은 자신을 위한 일이라는 걸 말이다.

"죽고 나서 나 모르게 장례 지내면 뭐 하나. 살아 있을 때 작별 인사해야지."

요 며칠 내 머리를 망치로 때린 듯 사라지지 않은 말이다. 신문에서 읽고 TV로 봤고 동영상까지 찾아봤다. 2018년 8월 14일 장례식장이 차려진 서울시립동부병원 세미나실은 갖가지 꽃과 색색의 풍선으로 장식됐다. 음식도 준비됐다. '나의 판타스틱한 장례식'이라는 제목이 크게 붙었다.

김병국 씨는 모처럼 환자복을 벗고 간편한 셔츠 차림으로 입장하며 박수를 받았다. 전립선암 말기 판정을 받고 시한부를 사는 85세의 김 씨는 휠체어에 의지했지만 건강해 보였다. 정신도 말짱하고 말도 잘했다.

죽은 다음에 사흘 동안 울어 봤자 뭐 합니까. 사전에 뜻이 맞는 사람 불러 놓고 "야, 짜장면 한 그릇 먹자. 이게 너하고 나하고 끝이다" 하는 게 낫지요. 한번은 죽어야 하는 거 너무 슬퍼하지 마세요. 이렇게 많이 와 주셔서 정말 감사합니다.

파티가 끝날 때는 참석한 50여 명과 일일이 포옹하며 작별 인사를 나누었다. 하객이라고 해야 할까, 조문객이라고 해야 할까. 누군가가 "형님, 죄송합니다"라며 울먹였다. 그 말에는 무슨 의미가 담겼을까. 생전에 못된 짓을 한 것에 용서를 구한 것인지, 먼저 보내서 죄송하다는 건지, 이런 파티를 해 드려 미안하단 건지…….

암세포가 전신에 퍼져 가자 김 씨 할아버지는 이왕이면 지인들과 잘 헤어지고 싶었다. 눈을 마주 보고, 껴안아도 보고 "그동안 고마웠어, 미안했어, 행복하게 잘 살아"라며 정식으로 작별 인사를 나누고 싶었다. 그래서 자신의 생전 장례식 초대장이자 부고장을 만들었다.

> 소변 줄을 차고 휠체어에 의지하고 있습니다만 정신은 아직 반듯합니다. 여러분의 손을 잡고 웃을 수 있을 때 작별 인사를 나누고 싶습니다. 감사와 화해와 용서의 시간을 갖고 싶습니다. 검은 옷 대신 밝고 예쁜 옷 입고 오세요. 같이 춤추고 노래 불러요. 능동적인 마침표를 찍고 싶습니다.

그는 자신이 봉사했던 한 노인 단체와 장례 문제를 협의하다 연명 치료를 거부하고 생전 장례식을 하기로 결심했다고 한다. 생명이 다한 날은 진짜 장례식은 하지 않고 화장해 유골을 뿌리기로 했다. 부인과는 사별했고 자식은 있지만 연락이 끊겼다고 한다.

장례식 하객들은 마이크를 잡고 이날의 주인공과의 인연을 이야기했다. 농담도 오갔고 웃음도 터졌다. 기타 반주에 맞춰 김 씨가 좋아하던 〈사랑으로〉와 〈이사 가던 날〉을 함께 불렀다. "뒷집 아이 돌이는, 각시 되어 놀던 나와 헤어지기 싫어서, 헤어지기 싫어서, 헤어지기 싫어서……."

사실 생각해 보면 간단한 거다. 망자 입장에서 보면 아무리 성대한 장례식인들 무슨 의미가 있으랴. 슬피 우는 사람 손 잡아 줄 수도 없고 자신에 대한 멋진 추도사를 들을 수도 없다. 몇 명이나 왔는지, 내가 꼭 보고 싶었던 그 사람이 왔는지 알 길이 없다. 첫사랑이 찾아와도 못 박힌 관 속에서 일어날 수 없다.

생전 장례식은 내가 진정한 상주가 되는 것이다. 형식이나 장소에 구애받지 않고 내가 원하는 방식대로 나의 마지막 세리머니를 치르는 것이다. 그리하고 나면 언제 떠나도 후회 없을 거다. 연명 치료할 이유도 없어진다. 그래서 생전 장례식은 '합법적인' 존엄사이자 안락사 의식이다.

우리는 죽음에 대해 말하기를 꺼려 왔다. 죽음의 준비도 미흡하다. 예로부터 집에서 죽음을 맞이하는 것을 호상이라 했지만, 75퍼센트가 중환자실에서 수많은 생명줄을 몸에 꽂은 채 죽음을 맞이한다. 고통과 두려움의 얼굴로 죽어 가는 건 자식에게 평생의 트라우마를 지우는 못 할 짓이다. 가족의 요청에 따라 연명 치료를 하다 보니 막상 갈 사람은 마지막을 준비할 기회를 놓치게 된다.

세계에서 처음 초고령 사회에 접어든 일본에서는 2010년대 들어오며 이른바 '슈카쓰終活(끝내는 활동)'라는 것이 생겼다. 그 시장 규모가 연간 1조 엔(약 10조 원)이나 된다고 한다. 장례 절차, 연명 치료 여부, 생전 장례식, 주변 정리, 유언장 작성, 입관 체험, 엔딩 노트 쓰기 등을 도와준다. 슈카쓰 박람회란 것도 있다. 묘지를 견학하고, 유골을 뿌리는 산골散骨 체험을 하고 온천을 즐기고 돌아오는 투어도 있다. 이런 과정에서 무덤 친구인 '하카토모墓友'도 사귄다고 한다. 생전에 죽음에 대한 능동적 태도를 갖추는 것이다.

네덜란드에는 '앰뷸런스 소원재단(Ambulance Wish Foundation)'이란 단체가 있다. 죽음이 임박해 움직일 수 없는 이들을 의료 장비가 갖춰진 앰뷸런스에 태워 그들의 마지막 소원을 실현해 준다. 가족과 친지, 친구들이 차 행렬을 이루며 따라간다. 사랑하는 사람과 마지막 여행을 떠나는 것이다. 그리고 그 소원의 현장을 같이 지켜 주며 포옹을 하고 굿바이 키스를 한다. 이 역시 일종의 생전 장례식이 아닐까. 소원 여행 중에 6명이 눈을 감았다고 한다. 따라간 가족이 임종을 지켰다.

죽음을 받아들이고 그날을 기다리는 사람들의 소원은 무엇이었을까. 의외로 작고 평범한 것들이었다. 고향 방문, 배우자에게 프러포즈한 곳에 가 보기, 식물원이나 동물원 구경, 좋아하는 가수 콘서트 가 보기, 바다 보기, 손자와 유원지에 놀러가기, 좋아하는 팀의 축구 경기 관람 같은 것이었다. 죽을 때는다 빈손이다. 알렉산더 대왕은 "내가 죽거든 내 두 손을 밖으로 내놓아 빈손을 보게 하라"는 유언을 남겼다 한다.

죽음의 질이 가장 높다는 영국에서는 웰다잉을 네 가지로정의했다. '익숙한 환경에서' '가족·친구와 함께' '존엄과 존경을 유지한 채' '고통 없이 가는 것'이다.

우리말에 개똥밭에 굴러도 이승이 낫다고 한다. 생전 장례식은 생명에 대한 희망의 끈을 놓지 않은 이에게는 잔인한 말이 될 수도 있다. 하지만 어차피 떠나야 할 순서다. 죽음은 삶의 끝이 아니라 삶의 완성이다. 그 완성을 내 손으로 이루는 것이다. 내 손에 온기가 남아 있을 때 사랑하는 이와 작별의 악수를 할 수 있다면……

"나 하늘로 돌아가리라 / 아름다운 이 세상 소풍 끝내는날 / 가서, 아름다웠더라고 말하리라(천상병, 「귀천」)."
사랑했던 사람들 앞에서 박수를 받으며 이런 시 한 수 읊조릴 수 있다면 그건, 나의 판타스틱한 장례식이 될 거다. 멋지게살지는 못했다 해도 멋지게 가는 것이다.

※ 김병국 씨는 생전 장례식을 치른 지 5개월 만인 2019년 1월 운명했다. 그의 뜻대로 별
   도의 장례 절차 없이 바로 화장해 부렸다.

생전 장례식을 치른 사람들

생전 장례식은 2017년 12월 일본의 건설기계 대기업 고마
쓰의 안자키 사토루 전 사장이 치른 것이 국내에 보도되면
서 알려지기 시작했다. 그는 사망하기 3주 전에 『니혼게이
자이』 신문에 이런 광고를 냈다.

"저는 담낭암에 걸려 수술이 불가능하다는 진단을 받았습
니다. 항암 치료는 받지 않기로 했습니다. 40여 년간 여러분
께 공적으로 사적으로 신세를 져서 진심으로 감사하게 생각
합니다. 아직 기력이 있는 동안 저의 마음을 전하기 위해 장
례식을 미리 열고자 하니 참석해 주시면 저의 가장 큰 기쁨
이 되겠습니다. 조의금은 받지 않습니다. 복장은 평상복으
로 와 주십시오."

그는 자신의 장례식 행사를 직접 기획하고 준비했다. 도쿄 시내 한 호텔에서 열린 장례식에는 가족과 친구 등 1,000여 명이나 참석해 서로 감사를 표하고 즐거운 시간을 보내 일본 사회에 큰 반향을 일으켰다.

캐나다에서 평생 의사로 살아온 이재락 박사라는 교민이 있었다. 2012년 그가 스스로 주재한 생전 장례식이 아마도 한국인으로는 처음 알려진 게 아닌가 싶다. 그는 담낭암 말기 진단을 받고 이렇게 생각했다고 한다. "망자는 빈소에서 잠깐 예를 받은 뒤 찬밥 신세다. 그건 억울하지 않은가. 찬밥이 아니라 그들의 손을 잡고 웃을 수 있을 때 따스한 밥을 나누며 작별 인사를 하고 싶다."

교민 신문에 자기 뜻을 알리고 300여 명의 하객을 맞았다. 참석자들은 그의 부탁에 따라 검은 양복을 입지 않았다. 여성들은 화려한 꽃무늬 옷을 입었다. 생전 장례식은 주인공의 인사와 가족 소개, 헌시 낭송, 지인들의 회고, 공연, 아버지에 대한 세 아들의 이야기 순서로 진행됐다. 암 전문의인 큰아들은 프랭크 시나트라의 노래 〈마이 웨이〉를 아버지 앞에 바쳤다. "And now, the end is near / And so I face the final curtain… / I've lived a life that's full……(이제 끝이 가까워졌네 / 나는 마지막 장을 마주하고 있다네… / 나는 충만한 삶을 살아왔네……)."

이 박사는 한국에서 군의관으로 복무 중 미국으로 이민 갔다가 1963년 캐나다에 정착해 의사로 일했다. 봉사와 기부의 삶으로 교민 사회에서 존경받은 인사였다. 그는 석 달 후 사망했다. 가족은 그의 유언에 따라 별도의 장례식은 하지 않았고 안장한 후에서야 부음을 전했다.

세계적 회계법인인 미국 KPMG의 CEO 유진 오켈리는 2005년 석 달밖에 살지 못한다는 의사의 선고를 받았다. 그의 나이 불과 53세. 받아들이기 힘들었지만 그는 바로 결심했다. 뇌종양 진단을 축복으로 생각했다. 갑자기 사고로 죽는 것보다 남은 시간을 미리 알고 준비할 수 있게 됐으니 신이 준 축복이라는 것이다.

그는 마지막 100일을 의미 있게 계획했다. 성공적인 삶을 살았던 것처럼 성공적 죽음을 맞이하기로 하고 남은 날을 가치 있게 살고자 했다. 사랑하는 사람들의 명단을 작성해 그와 추억이 있는 장소에서 식사하거나 전화로 인사를 나누었다. 재산도 암 치료 재단에 기부하고 정리했다. 마지막 순간이 다가오자 그는 식사를 중단했다. 이 모든 과정을 오켈리는 꼼꼼히 글로 남겼다. 이렇게 해서 나온 책이 『인생이 내게 준 선물』이다. '임종 매뉴얼'인 셈이다.

조선의 문인 연암 박지원은 병이 깊어 가자 약을 물리치고 계산초당에 연일 문인과 친구들을 불러 술자리를 가졌다.

인도의 힌두교에는 남자가 늙으면 부담을 주지 않기 위해
가정을 떠나 자연에서 혼자 수행하다 죽는 임서기林棲期라
는 관습이 있었다고 한다. 종교적 의미는 있지만 그 끝은 외
로웠을 거다. 하지만 이 역시 자신의 죽음을 자신의 의지대
로 결정한 것이다.

앉느냐 서느냐,
그것이 문제로다

일상에서 가장 사소한 듯하지만 매일, 그것도 여러 번 치러야 하는 문제. "바쁜 세상에 뭘 그런 걸 다 갖고…"라고 툴툴댈수 있겠지만 의외로 동서고금의 논쟁적 이슈. 하지만 남자에게만 한정된 것. 바로 "앉아 쏴, 서서 쏴"의 문제다.

나도 그랬다. 그 이전에 사실 아내의 오랜 민원 사항 중 하나이기도 했지만 해답은 어느 날 갑자기 찾아왔다. 40대 어느 겨울날 나는 회식을 마치고 술에 취해 귀가했다. 맹렬한 요의가 엄습했다. 화장실 문을 열었다. 서서 일을 보려니 다리가 휘청했다. 앉았다. 그런데? 아무렇지도 않았다. 아니 더 편했다고나 할까. 시트는 따스했고 소변은 시원하게 잘 나왔다. 숙제는 그렇게 풀렸다.

나는 지금까지 왜 서서 그 일을 봤던가? 평생 직립 방뇨 자세를 유지한 것에 대해 논리적이고 설득력 있는 이유를 찾지 못했다. 결국 때가 되면 밥을 먹는 것처럼 고정관념이었다. 앉든, 서든, 무릎을 꿇고 쪼그리든 인류의 방뇨 자세는 성경에도 법전에도 정해져 있지 않다. 생식기가 생긴 대로 자연스럽게 굳어졌다.

그러나 화장실 도구와 욕실 문화가 발전하면서 문제가 되기 시작했다. 지금 지구촌의 사내들은 앉는 쪽으로 자세를 바꿔가고 있다. 독일과 북유럽은 오래전부터 그 자세가 보편적이고 에티켓이었다. 유치원에서부터 그렇게 가르친다. 변기 뚜껑을 열면 "서서 일을 보면 벌금을 내야 한다"는 경고음이 나오는 곳도 있다.

오죽했으면 2년 전 독일에서 이런 판결이 뉴스가 된 적이 있다. 서서 일을 보는 세입자 때문에 소변 속 요산 성분이 화장실 대리석에 손상을 입혔다며 집주인이 소송을 냈다. 판사는 "남성은 서서 소변을 볼 권리가 있다"며 원고 패소 판결을 내리면서 한마디 덧붙였다. "그러나 남성들도 문화적 규범을 준수해야 할 필요가 있다." 스웨덴 스톡홀름에서는 도둑이 숨어든 집 화장실에서 서서 소변을 보고 나오는 바람에 잡힌 적이 있다.

바닥에 떨어진 오줌 방울에는 DNA가 있다.

유럽에서는 오래된 건물 때문에 생기는 층간 소음과, 카펫을 까는 건식 화장실 문화가 남자의 자세를 바꾸게 한 이유 중하나이기도 하다. 영국 『가디언』지는 「진정한 신사라면 앉아서 소변을 봐야 한다」는 제목의 2015년 3월 기사에서 "본디 앉아서 싸게끔 설계된 변기에 서서 오줌을 누는 것은 일종의 정신질환"이라고까지 썼다.

미국에서는 2000년에 '서서 소변보기에 반대하는 어머니들의 모임(MAPSU, Mothers Against Peeing Standing Up)'이라는 단체가 결성돼 캠페인을 벌였다. 이 단체는 "당신이 남긴 소변은 대체 누가 청소하나요? 당신 때문에 왜 다른 사람들이 고통을 받아야 합니까?"라며 "Take a seat!(앉으세요!)"을 외쳤다.

문화나 종교적 관습 차이에서 비롯된 것도 있다. 이슬람권에서는 신체의 특정 부위 노출을 금하는 율법상 오래전부터 남성들이 앉아서 소변을 보는 관습이 있다. 미얀마에서는 남성들이 '롱지'라고 불리는 전통 의상 치마를 입기 때문에 길에 앉아서 오줌 누는 장면을 쉽게 볼 수 있다.

이런 트렌드는 유럽과 미국을 거쳐 동아시아까지 왔다. 일본과 대만은 이런 문화가 많이 정착했다. 정부와 민간이 주도해

캠페인을 펼쳤다. 일본에서는 남성의 55퍼센트가 앉아서 소변을 본다는 조사 결과가 최근 보도된 적이 있다.

그럼 한국은? 여러 차례 민간의 조사가 있었는데 '앉소남'은 대체로 15~20퍼센트에 머물렀다.

앉아서 소변을 보자는 주장은 위생과 타인에 대한 배려 측면에서다. 서서 일을 보면 당연히 소변 방울이 튀어 화장실이 불결해지고 시간이 지나면서 세균에 분해돼 암모니아 냄새가 난다. 시트에 소변이 묻어 다음에 사용하는 사람이 불쾌해진다. 일본의 생활용품 업체인 라이온이 2005년에 실험한 결과를 인용하면, 남성이 하루 7번 선 채로 소변을 보면 2,300개 미세한 오줌 방울이 변기 주변 40센티 바닥에 퍼진다고 한다.

'앉아 쏴' 자세는 의외로 장점이 많다. 화장실 청소도 수월해지지만, 무엇보다 앉은 자세는 심리적으로 안도감과 편안함을 준다. 큰 일과 작은 일을 동시에 해결할 수도 있고, 오줌발 소리가 안 들려 민망하지 않고, 욕실을 건식으로 꾸밀 수도 있고, 층간 소음 시비의 소지도 안 생긴다. 각도의 문제가 있어 그 부위가 변기에 닿을 수도 있지만 그건 알아서 해결해야한다.

건강에도 좋다. 의사들은 앉아서 소변을 보면 복압이 높아져 요도괄약근이 잘 열리고 방광을 완전히 비울 수 있어서 특히 나이 든 남자들은 전립선 질환이나 비뇨기계 염증, 결석의 위험을 줄일 수 있다고 권장한다.

그런데 공중화장실에서는 앉아서 소변보기가 왠지 꺼려진다. 국내에선 아직 공중화장실에서 소변기를 치운 사례는 없지만 독일에는 있다고 한다. 문제는 '조준'이다. 소변기 앞에서 바지를 내리면 늘 마주치는 문구, 남자라면 다 안다. '남자가 흘리지 말아야 할 것은 눈물만이…' '아름다운 사람은 머문 자리도…' 등등.

소변기에 그린 파리 한 마리가 노벨경제학상을 안겨 준 사례는 제법 알려져 있다. 2017년 리처드 탈러 시카고대 교수가 쓴 책 『너지Nudge』에 나온다. 네덜란드 스히폴 국제공항의 남성 화장실 변기 가운데에 파리 모양의 스티커를 하나 붙여 놓았더니 소변이 튀는 걸 80퍼센트나 줄였다는 것이다. 너지는 옆구리를 쿡쿡 찌른다는 말인데 행동경제학에서는 '사람들이 자발적으로 더 나은 선택을 하도록 유도하는 부드러운 개입'이란 뜻이다.

앉아서 소변보기에 거부감을 보이는 남자들은 무슨 생각에서일까. '나는 남자니까' '그 자세는 남자답지 않다'는 것이 대부분 이유다. 옛날 어른들은 여자를 "앉아서 오줌 누는 사람"

이라고 비하했다. 그런데 터프가이 최민수도, 축구 선수 리오넬 메시도 아내를 위해 앉아서 오줌 눈다고 털어놓았다.

서서 일 보는 것과 수컷의 자존감은 아무런 상관관계가 없다. 단지 습관의 문제일 뿐이다. 아내를, 가족을 진정 아낀다면 '작지만 결코 작지 않은' 이 문제 하나부터 결단해 볼 일이다. 앉는 자세로 바꾸시든지, 그게 싫다면 화장실 청소를 전담하든지. '진짜 남자'는 앉아서 소변을 본다.

약속 시간
15분 전

지인과 점심 약속이 있었다. 나는 대중교통을 이용하는 편이지만 이날따라 차를 끌고 나와야 하는 사정이 있었다. 아니나다를까, 남산터널에서 꽉 막혀 족히 15분은 늦을 거 같았다. 문자를 보내니 바로 답이 왔다. "저도 그 정도 늦을 거 같네요. 천천히 조심해서 오세요." 나중에 알게 된 사실이지만 그는 15분 전에 이미 도착해 있었다. 그 마음 씀씀이에 나는 적잖이 감동했다.

이날은 예외였지만 나도 그처럼 모든 약속에는 15분 전에 도착한다는 생활 습관을 지키려고 노력하는 편이다. 사전에 대중교통편과 걸리는 시간을 확인한다. 예식장이나 많은 사람이 참석하는 모임에는 도착 시간을 여기서 10분 정도 더 앞당긴다. 그래야 혼주하고 덕담을 나눌 시간도 생기고, 지인들과 골고루 여유 있게 인사를 나눌 수 있고, 좋은 자리에서 밥도 먹을 수 있다.

이 바쁜 세상에 10분 전도 아니고 15분 전은 좀 과한 거 아니냐는 사람도 있겠다. 그런데 불과 5분 차이지만 그 여유는 한 시간 이상의 효과가 있다. 준비가 돼 있으면 마음이 느긋해지고 그날 모임도 기분 좋게 진행된다. 15분이 주는 좋은 점은 한두 개가 아니다. 사람들의 약속은 대개 정시에 있으므로 한적한 자리를 맡아 놓을 수 있고, 음식을 미리 작정할 수 있고, 대화의 소재를 생각해 둘 수 있고, 화장실에 다녀올 수도 있고, 차림새를 고칠 수도 있다. 반대로 헐레벌떡 달려오면 경험상 뭐든 꼭 하나 실수하는 일이 생겼다.

무엇보다 의미 있는 점은 상대를 생각하는 시간을 갖는 것이다. 우리가 언제 어디서 무슨 인연으로 만났는지, 어떤 공통의 추억이 있는지, 그리고 그의 신상에 관한 자잘한 기억을 되살려 본다. 페이스북이나 인스타그램 같은 그의 소셜미디어 계정도 들어가 보고 검색도 해 본다. 그건 당신에게 관심과 호감이 있다는 나의 선의의 표시다. 그런 이야기들을 꺼내면 상대는 "아, 그런 것도 기억하고 계시냐"며 좋아한다. 친밀감은 더 두터워진다.

스스로에게는 그 만남에 대해 진정성과 성실성을 갖게 된다. 한 번의 인사치레 만남이 정기적 만남으로 이어질 수 있다. 특별한 용건이 있다면 상대는 기대하지 않았던 카드까지 내놓을지도 모른다. 상대가 후배나 아랫사람이라면 더 깊은 인상을 줄 것이다. 그는 다른 사람들에게 나에 대해 이렇게 평판할 것이다. "그분은 참 매너가 좋고 여유가 있어요."

슈퍼리치들의 성공 비결을 다룬 글을 봤는데 그들은 어떤 약속이든 약속 시간 15분 전에 도착한다는 공통점이 있었다. 약속 시간 지키는 건 대체로 습관성이다. 주변의 친구들을 봐도 늦는 놈은 항상 늦고, 핑계도 그때마다 바뀐다.

평생 타인과 수많은 약속을 한다. 나는 겪어 봐서 안다. 15분 앞서 상대를 기다려 보자. 그 작은 시도가 행복으로 갚아 줄 것이다. 기다린다는 것은 사막의 여우가 어린 왕자에게 말한 것처럼 마음 치장이다. 상대가 소중해지는 건 그 시간에 비례한다. 공들여 '길들인' 것들과만 진정한 관계를 맺을 수 있다. 포도밭의 가장 좋은 비료는 주인의 발자국이다.

"언제나 같은 시각에 오는 게 더 좋아. 이를테면, 네가 오후 네 시에 온다면 난 세 시부터 행복해지기 시작할 거야. 시간이 갈수록 난 점점 더 행복해지겠지. 그러다 네 시가 되면 나는 마음이 들떠서 어쩔 줄 몰라 할 거야. 하지만 네가 아무 때나 온다면 난 언제 마음의 치장을 해야 할지 알 수 없잖아. 그래서 저마다의 의식이 필요해. 네 장미꽃이 그토록 소중하게 된 건 네가 그 꽃을 위해서 소비한 시간 때문이야."

_앙투안 드 생텍쥐페리, 『어린 왕자』 중에서

맛집
유감

강남구 허름한 골목에 20여 년 이상 다녔던 작은 콩국수집이 있다. 테이블은 네다섯 개밖에 되지 않았다. 여름이 오면 너무 진하지 않으면서도 담백함과 고소함이 적절히 섞인 그 시원한 콩물이 생각났다. 주인아주머니가 할머니가 되는 걸 지켜봤으니 제법 오랜 세월 나와 함께 늙어 간 식당이다.

그런데 지금은 아쉽지만 발길을 끊었다. 인터넷에 노포 맛집으로 소문나기 시작하더니 언제부터인가 줄을 서야 했다. 손님이 넘치니 신장개업을 해서 홀도 넓어지고 인테리어도 어정쩡하게 세련돼졌다. 값도 해가 바뀔 때마다 슬그머니 1,000원씩 500원씩 올랐다. 왠지 맛도 예전 같지 않고 처음 온 사람처럼 엉덩이가 불편해졌다. 주인도 바빠서 그런지 옛날처럼 다정한 눈치를 안 준다.

휴가철에 전 구간이 완전 개통한 서울-양양 고속도로를 타고 속초에 다녀왔다. 여행의 가장 큰 즐거움은 당연히 맛집이다. 딸이 좋아하는 물회 잘하는 집을 검색해 가장 포스팅이 많은 식당을 선택했다. 살다가 은행처럼 순번 대기표를 뽑는 음식점은 처음 봤다. 넓은 앞마당의 대형 천막 아래 수십 명이 번호가 불리길 기다리고 있다. 마이크는 연신 "○○번 손님 입장하세요"를 외쳤다. 행사장 이벤트에 참가한 느낌이랄까.

TV 채널도 많아지고 먹방과 함께 맛집 소개 프로그램도 넘치다 보니 이제는 웬만한 식당마다 TV에 나온 집이라고 쓰여 있다. 그러다 보니 어떤 식당은 아예 'TV에 안 나온 집'이란 문구로 차별화 전략을 택하기도 한다. 지금까지 내가 본 압권은 'TV에 나올 집'이라고 떡 내건 식당이었다.

맛집 이야기를 꺼낸 건 최근 경찰이 한 블로그 마케팅 업체 대표를 구속했다는 뉴스 때문이다. 그의 수법은 이랬다. 블로그를 한 시간에 두세 번씩 자동으로 클릭해 주는 프로그램을 개발해 계약 업체의 조회 수를 높여 검색 상위에 노출을 유지시켰다. 동일한 인터넷 주소(IP)로 반복 접속하면 차단이 되니까 휴대폰과 노트북 150대를 동원했다. 동일한 후기를 반복해

올리면 포털의 알고리즘이 인위적 조작으로 인식해 노출시키지 않는다는 점을 악용해 경쟁 업소를 아예 검색되지 못하게 했다. 그는 이렇게 22억 원을 벌었다.

나도 이젠 웬만큼 눈썰미가 붙어서 블로거들이 돈 받고 써준 음식점인지 아닌지 조금 알 수 있다. 방법은 간단하다. 길게 쓰고 음식 사진이 프로급인 후기들은 다 혐의가 있다. 또 한 메뉴만을 소개하지 않는다. 이것저것 다 맛봤는데 한결같이 기가 막혔다는 식이다. 그의 위는 얼마나 큰지 모르겠지만. 그런데 요즘엔 소비자 눈치도 빠르다 보니까 마케팅 수법도 진화했다. 의심을 피하려고 일부러 아마추어 냄새를 풍긴다. 결국 감으로 가려내야 한다.

'입소문의 저주'란 말을 레스토랑을 경영하는 지인한테 들은 적이 있다. 막 개업한 서울 서초구의 한 레스토랑이 유명 먹방 프로그램에 소개된 지 1년 만에 휴업했다. 갑작스레 손님이 몰려들자 처음엔 신이 났다. 그런데 충분히 준비되지 않은 상태에서 손님이 폭증하자 음식과 서비스의 질을 지키기가 어려워졌다. 결국 뜨내기손님이나 단골이나 다 잃게 됐다고 한다. 주인은 셰프로서의 자존심에 상처를 입고 휴업 간판을 내걸었다고 한다.

내가 동창들과 가끔 가는 술집 중에 서울대 입구 샤로수길에 있는 횟집이 있다. 가성비가 최고 수준이다. TV에 나왔다는 자랑도 없다. 그런데 손님은 늘 제법 있는 편이다. 주인장에게 물었더니 돌아온 대답은 이렇다.

"뭐 하러 방송에 나갑니까. 블로그 마케팅인지 SNS 마케팅인지 관심 없습니다. 그런 거 안 해도 장사 잘됩니다. 찾아오는 손님 서비스하기도 힘이 달리는 판에 손님 더 많은 거 원치 않습니다." 그러면서 씨익 웃는다. "진짜 맛집은요, 다 숨어 있어요."

하상욱이라는 꽤 유명한 SNS 시인이 있다. 그의 시는 두 줄을 넘지 않는다. 사람들의 고정관념이나 위선이나 부조리를 한두 줄로 유쾌하게 비트는 촌철살인의 재주가 있다. 두 줄짜리 그의 시다. "내가 다른 걸까 / 내가 속은 걸까."

이 시의 제목은? 이 글 안에서 가장 많이 나온 단어다.

언제 밥이나
한번 먹자는 말

지하철에서 우연히 고등학교 동창을 만났다. 안부를 주고받고 나서 거의 동시에 나온 말. "언제 밥이나 한번 먹자." "그래, 연락해." 그렇게 헤어졌다. 집에 가는데 이번엔 직장 후배한테 전화가 와서 뭐를 한참 묻더니 전화를 끊으면서 하는 말, "언제 밥 한번 모시겠습니다." 그래, 평생직장에서 은퇴는 했지만 나도 밥은 먹고 산다. 밥이 도대체 뭐길래 다들 입만 열면 밥 타령이냐.

'밥'이란 말. 우리 일상에서 이 단어만큼 여러 상황에서 다양한 의미로 쓰이는 말이 있을까 싶다. '밥심'을 발휘해 일을 잘하면 '밥값'을 한 거다. 그저 평범하면 '그 나물에 그 밥'이요, 잘못하면 '그러고도 밥이 넘어가냐' 한 소리 듣고, 급기야 직장에서 잘리면 '밥줄 떨어진' 신세다.

'밥인지 죽인지' 모르고 덤비다가는 '다 된 밥에 재 뿌리고' '다 된 밥에 코 빠뜨린' 사람 되기 십상이다. 사람이 '밥통' 되는 것이다. 내 앞길 급하다고 '찬밥 더운밥' 가리지 않다가는 낭패를 볼 수 있다. '밥그릇' 수만 따지는 사람, 거짓말을 '밥 먹듯' 하는 사람은 정말 '밥맛없는' 인간이요, '먹튀'를 조심해야 할 자다. 세상 사는 재미가 없어도 '밥맛이 없는' 거고, 그러다 보면 영원히 '밥숟가락 놓는' 신세가 된다. 금강산도 '식후경'인 나라가 우리나라다.

그러고 보니 밥이란 단어는 가히 우리 삶을 규율하고 정의한다. 일은 보람 있든 비루하든 다 밥벌이요, 다 먹고살자고 하는 짓이다. 삶이 팍팍하면 "먹고살기 힘들다"고 한다. 그냥 "살기 힘들다" 하면 될 건데 말이다. 한국적 정서에서는 사는 게 먹는 일이요, 먹는 게 사는 거다.

"밥은 먹고 다니냐?" 영화 〈살인의 추억〉에 나온 역대급 명대사다. 형사 송강호가 증거 부족으로 풀려난 살인 용의자 박해일을 보고 툭 던진 말이다. 영어 자막은 "Did you get up early in the morning?(너도 아침에 일찍 일어나냐?)"였다고 한다. 그런데 이 말은 기실 "사람 죽이고도 밥이 넘어가냐"라는 역설적 대사였다.

나는 30년간 한 신문사 '밥'을 먹었다. 동료 기자끼리는 그래서 '한솥밥' 식구다. 한솥밥을 먹는다는 표현은 참 기가 막히다. 영어로 회사를 뜻하는 company도 com과 pan이 합친 단어다. com은 '함께'라는 의미의 접두사고, pan은 라틴어로 '빵'이다. 우리말 빵은 포르투갈어 'pão빠웅'이 일본을 통해 들어와 아예 한국어로 굳어진 거다. 스페인어는 'pan빵', 불어는 'pain빵' 이태리어는 'pane빠네'다. 즉 함께 빵을 먹기 위해 만든 조직이 바로 company, 회사인 것이다. 동료, 동반자란 의미인 companion(영어), compagnon(불어)은 결국 '빵을 함께 먹는 사람들'이다.

밥을 함께 먹으면 식구食口다. 식구는 가족과는 다른 어감을 준다. "얘는 우리 식구야"라는 말은 '우리 편'이라는 뜻이다. 우리가 되려면 한 상에 마주 앉아 한 입이 돼야 하는 것이다.

그래서 "언제 밥이나 먹죠"라는 말이 인사말이 된 게 아닐까. 이 말이 정말로 식사를 하자는 의미는 꼭 아니라는 것을 서로는 잘 알고 있다. "밥 먹었어요?" 같은 인사치레에 더해 당신을 내 편으로 생각한다는 특별한 친밀감을 보탠 발설이다. "밥 먹자고 하더니 짜아식 아무 연락이 없네" 목 놓아 전화를 기다릴 일이 아니다. 빈말이라고 하기엔 애매한 것이다.

그래도 말이다. 사실 그 말은 그냥 관행적인 인사의 의미라

해도 좀 생각해 볼 말이다. 매사 확실한 사람에게는 신의 없는 사람이란 소리를 들을 수도 있다. 나는 그래서 그 말을 잘 안 하는 편이다.

　오랜 사회생활에서 얻은 결론. 진짜로 밥을 먹겠다는 의중을 가진 사람은 "우리 밥 한번 먹죠" 다음에 "언제가 좋으세요? 날짜 몇 개 주시겠어요? 제가 맞춰 볼게요"라고 구체적으로 말한다. 인간관계에 철저한 사람은 한 가지 더 덧붙인다. "좋아하는 식당 있으세요? 제가 예약하겠습니다."

유혹의 자유를
허하라

∅

　21세기 페미니즘은 2017년 10월 전과 후로 나뉜다. 할리우드의 거물 영화 제작자 하비 와인스타인의 성추문 폭로가 시작된 날이다. 우리나라는 물론이고 미국 등 세계 곳곳에서 권력과 돈과 능력을 가진 잘 나가던 남성들이 #Me too 해시태그 하나에 무너졌다.

　그로부터 석 달 후, 2018년 1월 7일 할리우드에서 열린 골든글로브 시상식. 여배우들은 하나같이 검은색 드레스를 입고 무대에 올랐다. 그들의 가슴에는 타임스 업Time's up 배지가 빛났다. "남성의 시대는 끝났고 새로운 시대가 온다"는 말이다.

그 사흘 후, 대서양을 사이에 두고 프랑스의 대표적 여배우 카트린 드뇌브가 들으란 듯이 이렇게 일갈했다. "미투 운동은 마녀사냥 같다." 최고 권위지인 『르 몽드』에 실린 기고에서다. 기고의 제목부터 사뭇 도발적이다. 「성적 자유에 필수적인 유혹의 자유를 옹호한다」는 글에는 프랑스 문화·예술계 여성 100명의 이름이 나란히 게재됐다.

> 미투 캠페인은 남성들에게 소명의 기회를 주지 않고 그들을 성범죄자처럼 취급하고 있다. 이러한 운동은 여성을 주체적으로 만드는 데 도움이 안 된다. 청교도주의적 발상이며 사회에 전체주의의 기운을 심어 줄 뿐이다. 우리는 성폭력과 적절하지 않은 유혹을 구분할 만큼 현명하다. 성폭력은 분명 범죄다. 그러나 여성의 환심을 사려거나 유혹하는 것은 범죄가 아니다. 여성으로서 우리는 남성과 성에 대한 증오를 불러일으키는 이런 페미니즘을 인정하지 않는다. 성의 자유를 지키기 위해 유혹의 자유는 필수적이다.

이 글은 즉시 세계적 논란을 불렀다. 드뇌브는 딴 나라의 유력 연예인과 여성단체들한테 엄청난 비난을 받았다. 그런데 흥미로운 건 막상 프랑스 사람들은 별로 왈가왈부하지 않았다는 점이다.

왜 그럴까. 프랑스인들은 반페미니스트인가?

이런 사례가 힌트가 될지도 모르겠다. 신문사의 파리 특파원으로 근무할 때다. 1994년 11월 프랑스 주간지 『파리마치』가 커버스토리로 프랑수아 미테랑 대통령이 한 여성과 다정히 레스토랑을 나서는 사진을 게재했다. 제목은 「특종: 대통령의 숨겨진 딸」이었다. 깜짝 놀랐다. 그런데 동양에서 온 기자를 진짜로 놀라게 한 건 프랑스인들의 반응이었다. 하루 뒤, 『르 몽드』는 1면에 이런 사설을 실었다. 그 제목이 아직도 기억에 생생하다. 「Et, alors?」 영어로 옮기면 "So what?", 우리말로 하면 "그래서 그게 어쨌다고?"다. 대통령의 사생활을 폭로한 『파리마치』를 준엄하게 꾸짖은 것이다.

대통령의 숨겨진(사실 프랑스 유력 언론들은 다 알고도 기사화하지 않았다) 여인은 안 팽조라는 박물관 큐레이터다. 고향 친구의 딸로 무려 27세나 연하였다. 둘이 처음 만났을 때 그는 19세의 여고생이었다. 미테랑은 두 아들을 둔 유부남이었고 사회당의 대선 후보였다. 두 사람은 미테랑이 14년 임기를 마치고 다음 해 세상을 뜰 때까지 34년간 딸을 하나 낳고 혼외 관계를 유지했다. 그럼에도 미테랑은 존경받았다.

사실 프랑스 대통령들의 외도는 '전통'이다. 시라크는 천하가 다 인정한 바람둥이었고, 사르코지는 재임 중 이혼하고 이미 혼외 관계였던 슈퍼모델 겸 가수 카를라 브루니와 바로 재혼해 아이를 낳았고, 독신 올랑드는 심야에 스쿠터를 몰고 엘리제궁을 나가 밀회를 즐기고 공식적으로 동거녀를 여러 번 바꾸었다.

그렇지만 프랑스에서는 정치인이나 유력 인사의 사생활이 논란이나 비난의 소재가 거의 되지 않는다. 프랑스인은 자신들처럼 대통령도 연애할 권리가, 사생활을 존중받을 권리가 있다고 생각한다. 24세 연상의 고등학교 은사와 결혼한 에마뉘엘 마크롱 대통령의 소설 같은 러브 스토리도 마찬가지다. 프랑스인들은 반페미니스트가 아니라 남녀 간 연애 문제에 대해 유별나게 관대할 뿐이다. 미국이나 영국처럼 사생활이 폭로되거나 스캔들로 하루아침에 사임하는 사례가 거의 없다.

사회 통념과 일반 상식을 뛰어넘은 요란하고 논쟁적인 사랑의 이야기는 유독 프랑스에 많다. 그 스토리는 실제든 문학작품 속에든 뿌리가 깊다. 사랑의 환희와 고통, 관능과 욕정, 몸의 해방과 정신의 자유는 프랑스 예술의 영감이고, '프랑스적 사랑'의 토양이다.

프랑스인들은 지구상에서 가장 사랑에 자유로우면서도 치열한 사람들이다. 관습이나 평판, 남의 시선에서 자유롭고, 사랑하면 다 쏟아붓는다. 내로남불은 없다. 톨레랑스만 있다. 그런 그들에게 유혹은 사랑에 불을 댕기는 촉매다. 그들은 사랑을 사랑한다. 프랑스인들이야말로 지구상에서 가장 '섹시한' 인류다. 카트린 드뇌브는 그 후예다.

수작,
개수작

나는 평생 수작했다. 이렇게 운을 떼면 마치 내가 난봉꾼이나 사기꾼 같은 인생을 산 것처럼 사람들은 오해할 거다. "허튼 수작 걸지 마" "수작 부리고 있네"란 말부터 생각이 나니까. 아쉽고 안타깝다. 어쩌다 그 낭만적인 '수작'이란 말의 운명이 이리 변해 버렸단 말인가. 그게 다 그놈의 '술' 때문이다.

우리말은 대부분이 한자어인데, 그 유래와 변천 과정을 알면 꽤 재미있다.

수작酬酌이란 말의 시작은 참 좋았다. 고대의 예의범절이었다. 주인과 객이 술잔을 권커니 잣거니 나누는 걸 의미했다. 두 글자의 훈訓(한자의 음을 풀이한 것)은 '갚을 수' '술 따를 작'이다. 한시漢詩에 많이 등장하는 단어다.

이 단어의 핵심은 두 글자의 좌측에 나란히 붙어 있는 유酉변이다. 이 글자는 뚜껑이 덮인 술 단지 모양을 그린 갑골문자에서 시작했다. 그래서 이 酉가 글자 안에 들어가 있는 모든 한자어는 술과 관련이 있는 것이다. 여기에 '물 수氵'가 붙은 것이 '술 주酒' 자다. 酉는 십이지의 열 번째 동물로 선택돼 '닭 유'가되기도 했지만, 본래 닭과는 완전 무관한 한자다.

내가 평생을 수작했다는 건 바로 그런 뜻이다. 지금은 혼술도 가끔은 하지만 평생 직장동료나 친구와 술잔을 주고받으며 통음했다. 국가대표 주당으로 통한 수주 변영로 선생만큼은 못 돼도 나도 '명정酩酊(술 취할 명, 술 취할 주) 40년' 회원 자격은 조금 될 거다.

술은 참으로 유정有情하다. 그 유정한 놈을 주고받으니 정 통하고, 정 통하다 보니 정분情分난다. 분위기가 무르익지 않을 수 없다. 분 냄새 풍기며 주안상을 들여온 주모에게 "어이 자네도 한잔 하겠는가" 하며 한 놈이 엉덩이를 툭 친다. '수작을 거는' 것이다. "허튼수작하지 말고 술이나 마셔." 주모는 짐짓 이렇게 응수應酬한다. 그래 보니 응수에도 수酬 자가 들어간다.

살구나무 주막의 그 낭만적 수작이 언제부터인가 '개수작'으로 변하기 시작했다. 도둑질처럼 '질'이 붙어 아예 '수작질'이 됐다. 요즘 수작은 이제 술과는 아무런 관련이 없는 단어가 됐다. 수작은 술잔을 나누는 게 아니라, 흑심이나 꿍꿍이를 '부리거나' '걸거나' '붙이는' 것이다. 그 수작 때문에 미투에 등장해 패가망신하고 검찰청 포토라인에 서는 장면을 자주 목격하는 요즈음이다.

미투의 방어책으로 직장에서 펜스룰Pence Rule이 퍼지고 있다는 뉴스를 들었다. 마이크 펜스Mike Pence 미국 부통령이 자신을 관리하고 오해를 받지 않기 위해 "아내 외의 여성과는 단둘이 식사하지 않는다"는 사생활 원칙을 밝힌 데서 유래한 말이라 한다. 이건 아예 펜스fence(울타리)를 쳐 여성과 수작할 기회마저 원천 봉쇄해 버리는 것이다. 여성 차별이라는 비판을 떠나 이런 세상이 좋은 세상일까.

다시 한자 이야기 좀 한다. 알고 보면 '술 따를 작酌'이야말로 참 지혜로운 한자다. 지금은 사라진 작부酌婦란 단어 빼놓고는 다 좋다. 짐작斟酌은 모자라지도 않게, 흘러넘치지도 않게 가늠하며 술을 따르는 걸 말했다. 앞 글자는 '머뭇거릴 짐斟'이다. 작정酌定은 짐작을 한 후에 따를 만큼의 술의 양을 정하는 것이다. 무작정無酌定 따르다 보면 무례한 사람이 된다. 다 술에서 나온 단어다.

술이 약한 상대에게는 참작參酌을 해야 한다. '헤아릴 참參'이다. 상대의 주량을 헤아려 주는 배려다. 그래야만 마침내 좋은 대작對酌이 되고 존경尊敬 받는다. 글자 '존중할 존尊'은 술병(酉)을 손(寸, 손가락 마디)으로 받든 모양에서 나왔다. 사실 술은 섬김의 의미였다. 동서양을 막론하고 제단에서는 늘 술을 바쳤다.

그런데 수작을 잘못하면 어찌 될까? 술 단지 유酉 자 변이 활용된 단어들을 보자. 수작을 하면 일단 감흥酣興이 인다. 한껏 흥겨워지는 것이다. 그런데 이 단계를 넘어서면 '탐酖'이 된다. 술에 '빠진(빠질 沈)' 것이다. 탐닉하다 보면 '마칠 졸卒'이 붙어서 '취할 취醉'가 된다. 더 마시면 '졸'하실 수 있으니 그만 마시라는 것이다. 그런데도 술잔을 잡고 주정酒酊(술 취할 정)을 부리면 사람이 '추醜'해진다. 귀신(鬼)이 붙는 것이다.

'배필' '배우자'에 쓰는 '짝 배配'는 자기(己)가 술 단지를 옆에 놓고 다정히 술잔을 나누는 형상이다. 좋은 수작을 하면 어찌 연분이 나지 않겠는가.

평생 수작할 만큼 했다. 이젠 나도 술 좀 작작(이 '작작'은 술과 무관한 우리말) 마셔야 할 때가 온 거 같다. 옛 선비들은 풍경과도 수작했다고 한다. 나무 한 그루와도 흐르는 시냇물하고도 수작했다. 그 얼마나 멋들어진 수작인가. 바야흐로 봄이 수작을 걸어온다.

신성일의
유언

2018년 11월 4일 별이 졌다. 대배우의 가는 길에 미디어의 예우는 각별했다. 거의 모든 신문이 1면에 부음을 알리고 특집 면을 헌정했다. 유독 대중문화 예술인에게만 점잔을 빼던 전통 언론들이 인색하지 않았다는 건 그만큼 그의 족적이 크다는 말이다. 배우든 가수든 그만큼 언론의 꽃상여를 타고 떠난 이는 없었다.

한 시대 표상의 장례를 애도하며 지켜봤다. 그에 대한 대중과 언론의 관심은 배우 신성일과 인간 신성일 양쪽에 다 걸쳐 있었다. 어느 신문의 제목처럼 그에겐 영화가 인생이었고 인생이 영화였으니까. 그리고 그 둘은 아내이자 동지인 엄앵란과 떼어 놓을 수 없다.

많은 보도가 쏟아졌다. 그중 나를 생각에 잠기게 한 건 좀 엉뚱한 것이었다. 그가 딸에게 남겼다는 유언. "엄마한테 가서 참 수고했고, 고맙다 그래라. 미안하다 그래라."

그다운 '로맨틱한' 유언이라고 제목을 뽑은 신문이 많았다. 그런데 난 '수고… 고맙… 미안…' 이 세 단어가 이상하게 머릿속에 맴돌았다. 로맨틱이라고? 글쎄. 그가 영화에 바친 열정을 높이 평가하고, 한 인간으로서 자유로운 연애 정신을 가진 남자라는 건 인정하지만 이건 좀 경우가 다른 것 같다.

어디선가 많이 듣던 말이다. 내가 그의 유언에서 느낀 건 로맨티시즘이 아니고, 그도 그냥 이 시대의 한국 남자였구나, 라는 연민이었다. 나만의 별난 느낌일까. 나는 그 세 마디에서 전통적 가부장 시대를 살아온 한국 남편들이 아내에게 지닌 공통적 정서를 읽는다. 그건 (대체로) 한국 남자들이 원죄처럼 갖고 있는, 반려자에 대한 빚진 감정이다. 수고하고 고맙고 미안한 게 무언지 말 안 해도 다 안다. 없는 돈에 살림하느라 수고했고, 혼자 아이들 키우느라 고생했고, 바깥으로만 싸돌아다니며 이런저런 일로 속을 썩여도 남편이랍시고 기다려 줘서 고마웠다는……

하늘처럼 우러름을 받다가 늙어 힘이 빠져 죽음의 사자가 문지방을 건너올 때 비로소 그 고해성사를 한다. 우리의 아버지, 할아버지들이 그랬다. "임자, 고생만 시켜 미안했소" 하며 눈을 감았다. 유언은 이 세상에서 가장 진솔한 언어다. 유언에서조차도 부부는 평등하지 않은 것이다.

이 부부의 스토리는 대한민국 국민이라면 알 만큼 다 안다. 둘의 관계는 긴 세월 사랑보다는 동지애에 가까웠다. 사람들은 상주를 주시했다. 소복 차림의 그는 평소처럼 의연했고 솔직했다. 에둘러 말하지도 않았고 굳이 부정하지도 않았다. 눈물을 보이지도 않았다.

"저승에 가서 순두부 같은 여자 만나서 구름 타고 놀러 다니시라"라며 보냈다. 남편은 '집 안의 남자'가 아니라 '대문 밖의 남자' '사회적인 남자'였다고 말했다. 하지만 영화밖에 모르는 남자여서 존경할 만해 55년을 같이 살았다고 했다. 이 말로써 남편의 유언을 받아들인 것일까.

평생 대문 밖에 있던 남자의 아내는 한 방송에서 "신성일은 내가 책임져야 할 큰아들"이라고 했다. 다 큰 아들을 데리고 산다, 큰 아들이 둘이다, 라고 말하는 엄마들을 주변에서 많이 본다. 남편은 늘 물가에 내놓은 아이 같지만 그렇다고 버릴 수는 없다는 말이다. '대책'이 없어서 그냥 받아 주고 희생하고 용서한 것이다. 가신 분은 객원 남편이요, 객원 아비였다.

　21세기 한국 남편들은 임종을 지키는 아내의 손을 잡고 뭐라고 말할 수 있을까. 이제 '수고' '고맙' '미안'은 우리 아버지들의 고해성사만으로 충분한 것 같다. 수고시키지 않고 미안할 일 안 하면 된다. 고마운 건 같이 고마운 거다. "당신을 사랑했고 사랑하오. 당신과 평생 함께해서 행복했소. 내가 잘못한 게 있다면 용서해 주오." 이런 게 로맨틱한 유언 아닐까.

2장

·
·
·

아픈 청춘,
아직도 청춘

자소서 속의 나는 불안하고 불완전한 청춘이 아니다.
나는 10대 후반에 20대 중반에 이미
인생 쓴맛 단맛 다 보고 삶의 내공이 가득 찬,
총체적으로 업그레이드된
레디메이드 울트라 슈퍼 히어로다.

수고했다 자소서야.

아모르 파티

난리다. 완전 난리 부르스다. 유튜브에 가 봐라. 일찍이 이리도 다양한 버전의 동영상을 본 적이 없다. 검색창에 〈아모르 파티〉를 치고 스크롤바를 아무리 내려도 끝이 안 보인다. 2019년 3월 현재 가장 많은 조회 수는 KBS 〈열린음악회〉 영상 930만 뷰. 다른 영상들도 보통 하나에 100만~500만 명이 봤다.

사실 나는 이 노래의 인기를 잘 몰랐다. 친구가 보내 준 결혼식 축가 동영상을 보고 완전히 뒤로 넘어져 다른 것들도 찾아보다가 한나절을 빼앗겼다. 이 노래는 이미 결혼식장의 대세였다. 끼 좀 있는 친구나 형제, 양쪽 엄마들이 결혼식 풍경을 신나게 바꾸어 놓았다. 우아한 한복 차림으로 열창하던 신부 엄마가 그만 계단에 걸려 자빠지고, 수줍게 손사래 치던 신랑 부모가 못 이긴 척 뛰쳐나와 무대를 뒤집어 놓고, 턱시도 신랑과 웨딩드레스 신부도 "그래, 우리 결혼은 운명이었어"라는 듯 그 춤판에 뛰어든다. 물론 가사는 살짝 바뀐다. "연애는 필수, 결혼도 필수"로.

이 노래의 진정한 대중성은 장소, 행사, 나이, 성별 불문이라는 거다. 노래 교실과 댄스 학원, 색소폰 교습소를 장악한 지는 오래다. 대학 축제, 지역 축제, 전국노래자랑, 신입사원 환영회, 팔순 잔치, 버스킹, 심지어 그라운드에서도…….

2019년에 환갑을 맞은 가수 김연자가 2013년에 발표한 이 곡은 4년이 지나서야 역주행했다. 스타 작곡가 윤일상이 만들고 〈사랑은 아무나 하나〉의 이건우가 작사했지만 뜨지 못했다. 그러다 이 노래에 중독된 사람들이 자발적으로 하나둘 홍보하면서 급기야 2018년 KBS 연말 〈가요대축제〉 대미를 이 트로트가 장식했다. 그 위대한 방탄소년단들이 흥에 겨워 백댄서처럼 춤을 췄다는 거다. 인터넷에 떠 있는 최고의 헌사는 "내 인생은 〈아모르 파티〉를 알기 전과 후로 나뉜다". 그래서 '갓연자'고 '갓모르 파티'다.

16비트의 빠른 EDM(전자댄스음악) 반주에, 화려한 꽃망토 자락을 잡고 빙글빙글 돌면서, 마이크를 아래로 길게 내려야 할 정도의 파워풀한 가창력으로, "니들이 인생을 알긴 알아?"라는 듯 시원하게 불러 젖히는 갓연자. 떼창과 댄스로 환호하는 사람들.

그래, 산다는 게 다 그런 거지… 모든 걸 잘할 순 없어… 사랑도 화살처럼 지나가고… 오늘보다 더 나은 내일이면 돼… 인생은 지금이야… 가슴이 뛰는 대로 하면 돼… 나이는 숫자, 마음이 진짜… 연애는 필수, 결혼은 선택… 왔다 갈 한 번의 인생아… 슬픔이여 안녕…….

이제는 라틴어 '아모르 파티amor fati'가 파티party가 아니라 주어진 운명을 사랑하자는 뜻임을 다 안다. 니체의 고매한 철학을 이 가사만큼 쉽게 풀어 준 게 또 있을까 싶다.

이 노래의 질주에 발동을 걸었다는 부산대의 2018년 봄축제 동영상을 본다. 트로트 가수가 대학 축제에 초청받은 건 처음이라고 한다. 그런데도 그 일사불란한 떼창과 하늘을 찌르는 환호. 청춘은 왜 이리도 이 노래에 열광할까. 오직 내일만 생각하며 뜨거운 사막에서 송유관을 잇고, 어두운 지하갱 안에서 석탄을 캐며 달러 부치는 보람으로 살아온 세대는 모른다. 이 시대 청춘의 가치관은 내일이 아니라 '오늘'이다.

그런데 그 열광의 장면을 보며 가슴 한쪽으론 왜 연민이 밀려올까. 그냥 젊음의 발산으로만 보이진 않는다. 삼포 세대 청춘의 눈물겨운 떼창이 아닐까 하는 생각이 든다. 절망과 분노의 현실에 대한 데몬스트레이션, 꿈과 희망이 부재한 '이생망'을 향한 샤우팅, 혹은 세상의 부조리에 대한 집단 카타르시스가 아닐는지. 이 순간의 노오력만으로 미래의 숟가락 색깔을 바꾸기 어렵다는 사실을 진작 깨달아서인가.

그냥 신나는 노래인데, 너무 예민하고 지나친 해석이려나. 모르겠다. 그런데 정작 나는? 이미 청춘이 아닌 나는 가슴이 뛰는 대로 살기엔 늦은 걸까? 내게 결혼은 선택이라고 가르쳐 준 사람은 없었다. 나이는 숫자고 마음이 진짜? 자칫하면 '로망'이 아니라 '노망' 소리 듣는데. 그래도 나는 신나게 따라 불러 본다. "아모르 파티!" 인생 뭐 별거 있나요?

이 시대 청년 문학,
자소설

그 시즌이 또 돌아왔다. 가을에 벌어지는 신춘문예다. 선택이 아닌 필수다. 이 시대 청춘들이 연애편지도 아닌데 밤새워 수없이 쓰고 버리는, 가장 절실하게 매달리는 눈물겹고 고단한 청년 문학 장르. 한 번만 당선되면 일단 밥벌이가 보장되는 등용문.

주관사는 대학과 기업. 응모 자격자는 만 17세부터 30세 안팎. 백일장처럼 시제가 제시되진 않지만 암묵적 주제가 있다. 꿈, 열정, 도전, 끈기, 극복, 창의, 협력, 봉사, 희생, 헌신, 배려…….

시는 안 되고 산문이나 소설 장르만 응모 가능. 표시만 안 나면 대필 가능. 경쟁률은 최소 수백 대 일에서 수천 대 일. 사람보다 평가 능력이 뛰어난 AI(인공지능) 심사위원을 쓰는 게 더 효율적인 경연.

이건 영상이 없는 인간극장, 휴먼 다큐, 영재 발굴단이다. 그런데 그 연출자는 바로 나다.

요즘은 이것과 관련해 뭐가 뉴스일까 궁금했다. 네이버 검색창에 '자' 자를 입력하자마자 첫 번째 연관 검색어로 '잡코리아'가 떴다. 역시 입시 시즌, 취업 시즌이구나. '자소서' 세 글자를 완성하니 연관 검색어로 '자소설닷컴'이 맨 윗자리를 차지했다. 추석 연휴에 주요 포털사이트 실검 1위에 올랐다는 바로 그거다. 처음으로 그 홈페이지에 들어가 봤다.

안 써 본 사람은 있어도 한 번만 쓴 사람은 없다는 그 서비스! 자소설닷컴이 만들어지게 된 것입니다!

이렇게 깜찍하고 기발한 브랜드 네이밍을 할 줄 아는 사장님은 정말 소설가 자격이 있겠구나 싶다. 그런데 국민이 다 아는 명사인 자소설은 아직 표준국어대사전에는 등재되지 않았다. 국립국어원의 개방형 사전인 우리말샘에만 올라 있다. 설명은 이렇다. "허구적으로 지어서 쓴 자기소개서를 소설에 빗대어 이르는 말."

자소서는 블라인드 채용이 대세가 되면서 더욱 성업 중인 비즈니스 아이템이 됐다. 네이버 검색광고를 살펴봤다. 100여 개 업체가 자소서를 컨설팅, 첨삭, 대필해 준다는 광고를 했다. 글자 수가, 페이지 수가 바로 돈으로 환산된다. 수저의 색깔에 따라 자소서에서부터 격차가 발생할 수밖에 없겠다. 이번엔 자소서 제목이 들어간 책을 검색해 봤다. 1,000여 권이 넘는다. 이기는 자소서, 기적의 자소서, 발칙한 자소서…….

(여기부터 다소 과장적이라 할지 모르겠지만) 이 시대 청춘은 자소서 항목 채우기 근로 기간이다. 학창 생활은 자소서 설계 도면에 따라 선제적으로 짜인다. 자소서는 내 삶의 지침서고, 내 스펙은 바로 글감이다. 대학과 기업이 원하는 덕목을 갖추기 위한 내 삶의 연출이 시작된다. '살아온' 내가 아니라 '그들이 바라는' 나여야 한다. 가능한 한 독특한 스토리텔링과 드라마틱한 사연이 포함돼야 한다. 그게 참이든, 거짓이든, 과장이든, 미화든 상관없다. 읽는 이에게 감동만 주면 된다. 없거나 부족하다면 창조하거나 부풀려야 한다. 단, 티가 나지 않게.

자소서 속의 나는 불안하고 불완전한 청춘이 아니다. 나는 10대 후반에 20대 중반에 이미 인생 쓴맛 단맛 다 보고 삶의 내공이 가득 찬, 총체적으로 업그레이드된 레디메이드 울트라 슈퍼 히어로다.

어떤 수험생이 이렇게 말했다. "저는 아직 고등학생인데 그렇게 완벽한 꿈이 있어야 하나요? 차라리 그냥 공부를 하라고 하세요."

학교는 인문학적·문예적 글쓰기보다는 자소서 잘 쓰기를 가르친다. 그 나이에 무슨 '체험 삶의 현장'이 그리 많겠는가. 그 감당은 교사, 부모, 사교육으로 돌아간다. 글쓰기가 아니라 글짓기가 젊은이들의 명줄을 잡고 있다. 그리고 글짓기의 품질에 따라 수 분 내에 인생의 시작이 달라진다.

참으로 가슴 저릿한 단어, 자소설을 생각한다. 자기 없는 자기소개서. 소개서가 아닌 생산공정표. 무한 경쟁 시대 청춘의 슬픈 자화상. 그들은 그래서 그 씁쓸함을 '소설'이라는 이름을 붙여 위안 삼는가 보다. 수고했다 자소서야. 모두 이번이 마지막 자소설이길……

집밥

휴일에는 늦잠을 자고 일어나는 아들과 집밥이냐 배달이냐를 놓고 가끔 티격태격하는 일이 생긴다. 그럴 때 내 지청구는 뻔하다. 아내를 슬쩍 미안한 듯 바라보며 "장가 가 봐라. 엄마가 해 주는 집밥이 그리울 거다" 한다.

얼마 전에 글로벌 금융 기업 UBS의 시장 분석 기사를 읽었다. 제목이 매우 인상적이었다. 「Is the kitchen dead?」. 세계적으로 음식 배달 산업이 엄청난 속도로 커져 부엌이 죽어 간다는 리포트였다.

부엌이 죽는다는 건 집밥이 사라진다는 말과 같은 의미다.

난 아직도 배달 요리보다는 집밥이 좋다. 대신 아내의 수고를 알기에 오래전부터 설거지는 내 몫이고 음식 준비를 많이 돕는 편이다.

오늘 '집밥'이란 걸 생각해 본다. 집. 밥. 두 음절을 입 밖에 내본다. 입술이 살포시 부딪히고 목젖이 열린다. 누가 이런 다정한 질감과 다스한 온도의 단어를 지어냈을까. 작가 김훈은 어느 책 추천사에서 모국어 'ㅂ'은 마음의 깊은 곳에서 슬픔을 흔들어 깨운다고 했는데 그건 '밥'과 '아버지'의 'ㅂ'이라고 했다. 나는 '집'도 추가하고 싶다. 그런데 집밥에는 그 비읍이 세 개나 들어 있다. 기실 집과 밥은 한 몸이다. 집이 밥이요, 밥이 집이다.

오죽했으면 집밥의 정서만 노린 '가정식 백반'이라는, 이름도 희한한 정체불명의 메뉴가 생겼을까. 직장인이 가장 선호하는 점심 메뉴가 부동의 김치찌개에서 가정식 백반으로 바뀌었다는 보도도 있었다.

그런데 어느 날 집밥의 전도사께서 홀연히 등장하셨다. 그가 TV의 요리 프로그램을 평정하면서부터 집밥의 개념이 조금 바뀌었다. 혼자 사는 사람이 배달 받지 않고 집에서 쉽고 간단하게 만들 수 있는 레시피, 반찬은 필요 없는 한 가지 음식 중심의 식사, 하지만 보통 사람의 평범한 입맛에 잘 맞는 음식, 그게 집밥이 됐다. 집밥은 그냥 집에서 먹는 밥이지 대단한 게 아니라는 외침, 집밥의 혁명이었다. 백 선생은 '탈엄마' 식탁에 큰 공을 세운 사람이다.

하지만 생각한다. 집밥의 핵심은 장소가 아니다. 그 밥을 짓는 존재, 그리고 그 밥상머리를 둘러싼 일상적이고 지속적인 유대감이 집밥이란 낱말에 태생적으로 존재하는 것이다. 그게 우리 '마음 사전' 속의 집밥이다. 집밥에 대한 갈망은 역설적으로 집밥의 부재를 말하는 것이다. 햇반과 혼밥의 등장은 가족의 분해요, 밥상 공동체의 해체요, 밥상머리 교육의 실종이다.

엄마가 없으면 집밥은 없다. 집밥은 순전히 엄마에게 기댄다. 집밥이라는 명분 아래 엄마의 노동을 정당화하고 강요하는 거라고까지 지적한다면 할 말은 없다. 하지만 한국의 엄마들은 아무리 힘들어도 새끼에 대해서만은 언제든 그리고 기꺼이 쌀을 씻고 밥을 안친다.

바로 당신의 정성과 헌신과 희생과 손맛이 담겨 있고 둘러앉은 식구가 있어야만 집밥인 것이다. 누군가에게 평생 업이 돼버린 보살핌의 지난한 노동에서 나온 게 집밥이다.

엄마들은 그걸 본능적으로 안다. 어쩌랴. 힘이 남아 있는 한 노량진 쪽방 문 앞에, 출가한 딸자식 냉장고에 여전히 김치와

밑반찬을 퍼 나르는 걸. 평생 눈물을 씻고 일어나 다스한 새벽 밥을 짓던 그 내공이 어디 가랴. 늘 한두 숟가락 늦게 먹던 엄마, 생선 대가리가 최고로 맛있다던 엄마. 우리 엄마들은 영정으로 돌아와서야 비로소 온전한 한 상을 받으신다.

나는 시골 사는 노모와 통화할 때마다 "밥은 먹었냐?" 소리 들으면 눈물 난다. 밥 못 먹고 사는 사람이 어디 있다고. 엄마에게 자식이란 영원히 얌전하게 입 벌리는 제비 새끼인 거다. 평생 해 준 집밥을 이제는 떨어져 살고 힘에 부쳐 못해 주는 안타까움을 그 말로 달래는 거다. 내 엄마는 매년 택배비 들여 가며 쌀이나 보리쌀이나 찹쌀을 부친다.

그런 엄마들이 있는 한 부엌은 죽지 않는다. 부엌에는 평생 엄마의 그림자가 어른거린다. 엄마가 있는 한 자식은 평생 배가 고프다. 배달의 ○○이나 요○요가 아무리 똑똑해져도, 로봇이나 드론이나 자율주행 차량이 스타 셰프의 요리를 배달해 줘도 우리는 이 대사가 사무치게 그리울 게다. "엄마 밥 주세요." "오, 그래 내 새끼, 배가 고팠구나."

밥에 대한 몇 가지

밥은 쌀의 집합체가 아니다. 우리가 밥이라고 할 때는 먹는 음식 전부(food)를 통칭한다. 스테이크도 밥이요, 짜장면도 밥이요, 냉면도 밥이다. "밥 먹으러 가자"고 하지 콕 집어서 뭐 뭐 먹으러 가자고 하지는 않는다.

영어는 벼든 쌀이든 밥이든 '라이스rice' 하나뿐이다. 그런데 우리말은 익어 가는 단계별로 구별한다. 이것을 의미하는 한자 어휘가 다양하게 확장된 걸 보면 놀랍다. '벼 화禾' '쌀 미米' '먹을 식食'은 언어의 풍성한 밥상이다.

쌀은 벼에서 나온다. '벼 화' 자는 벼의 맨 위에 이삭이 고개를 숙인 모양새다. 가을 '추秋'는 벼가 불(火) 같은 햇빛에 익어 가는 계절이다. 옛날에는 세금을 쌀로 내서 조세租稅란 단어에는 벼 화 자가 다 들어 있다. 벼를 내면 무게를 재야 하니까 천칭天秤의 '저울 칭'에도 벼가 들어 있다. 씨 '종種' 자는 벼에서 가장 무거운(重) 부분이다. 사사로울 '사私' 자는 정전제 하에서 내가 농사한 벼는 내가 갖는다는(厶, 마늘 모: 통마늘에서 분리된 마늘 조각) 의미에서 시작됐다. 옮길 '이移'는 벼가 많으니(多) 옮겨야 한다는 것이고, 이로울 '이利'는 벼를 칼(刂, 칼 도)로 수확한다는 것에서 나왔다.

'쌀 미' 자는 쌀알이 이삭에 촘촘히 달린 모습이다. '米' 자 변이 들어간 글자는 모두 음식과 관련 있다. '粮(양식 량)' '糖(사탕 당)' '粉(가루 분)' '粥(죽 죽)' 자에 들어 있다. 米를 파자하면 八+十+八이다. 이를 두고 쌀을 생산하는 데는 여든여덟 번 농부의 손길을 거친다는 정성의 의미가 담겼다고들 하는데 속설일 뿐이다. 하지만 어쨌든 88세를 미수米壽라고는 부른다. 정부가 지정한 쌀의 날도 8월 18일이다.

'먹을 식' 자는 음식물을 담은 그릇의 모양을 본뜬 것이다. '飯(밥 반)' '飮(마실 음)' '餠(떡 병)' '饑(굶주릴 기)' '餓(굶주릴 아)' '飽(배부를 포)' '餘(남을 여)' '飼(기를 사)' 등에 들어 있다. 여관 旅館이란 여행하며 '먹는 집(館)'이다.

잊혀 가는 우리말에 '대궁'이란 단어가 있다. 삼시 세끼를 먹는 일이 어렵던 시절, 손님이라도 오면 식구 중 누군가는 굶어야 했다. 손님도 주인의 형편을 알고 밥을 절반쯤 먹고는 숟가락을 내려놓는다. 그렇게 남긴 밥이 대궁, 대궁밥이다. 밥상 순서에 위계질서가 있던 시절, 사랑방의 바깥어른은 깨끗하게 자시고 안채나 부엌의 아녀자에게 음식을 물린다. 그걸 다시 정갈하게 차려 먹는 것도 '대궁상'이다.

지금의 잔반과는 본질적으로 다른 이야기다. 그건 없던 시절, 음식에 대한 진지한 태도이자 어른에 대한 공경이었다.

밥은 만드는 게 아니라 '짓는다'고 말한다. 이 세상에 '짓는다'고 부르는 건 많지 않다. 집을 짓고 농사를 짓고 이름을 짓고, 옷, 약, 노래도 짓는다. 글도 시도 짓는다. 짓는다는 건 여러 재료를 섞거나 정성이 들어간 과정을 거쳐 만드는 것에만 붙인다. 밥 짓기는 정성의 총아다. 밥을 짓고 나면 뜸을 들이며 기다려야 한다. 어머니는 사회에 출사표를 던진 자식에게, 먼 길을 떠나는 자식에게, 입영열차를 타는 아들에게 따스한 새벽밥 한 그릇 지어 먹이려고 밤을 새웠다.

"영미!"

평창의 함성을 뒤로하고 오대산에 조용히 봄이 오고 있다. 월정사 전나무 천년숲에는 물이 오를 것이다. 곰취와 명이나물도 곧 고개를 내밀 태세다. 그렇게 겨울은 갔다.

2018년 평창 동계올림픽은 무엇을 남겼을까. 공무원들이 쓰는 딱딱한 말로는 국위 선양, 국가 브랜드 향상, 올림픽 정신의 구현, 평화 이미지 고양, 남북 화해의 전기 마련 그런 거다. 평가에 인색할 이유는 없다. 다들 열심히 했고 잘했다.

스포츠만 보자. 민초에게는 '평양'이든 '평창'이든 스포츠는 스포츠일 뿐이다. 스포츠도 드라마처럼 반전이 있지만, 드라마와 다른 건 막장이 끼어들 틈이 없다는 것이다. 룰이 있고 경쟁은 공정하다. 공정한 경쟁에는 출생의 비밀도, 신데렐라도, 협잡과 패륜도 끼어들 수 없다. 오직 피와 땀이 있을 뿐이다.

나도 잘 몰랐다. 이름도 생소한 컬링과 스켈레톤. 헤어스타일 이름 비슷한 명칭에, 해골 경기는 또 뭐란 말인가. 그런데 우리는 눈으로 봤다. 전 국민이 마법처럼 함께 "영미!"를 외쳐댔다. 얼마 만에 느끼는 순수한 일체감이며 집단적 카타르시스인지 모르겠다. 모처럼 가족이 TV 앞에 앉아 치맥을 동낸 시간이었다.

그 누가 짐작이나 했을까. 돌덩이와 빗자루인지 대걸레인지를 든 낭자들이 평창의 가장 빛나는 별이 되리라는 걸. 경상도 두메산골에서 시시포스의 운명처럼 끊임없이 돌을 굴리고 빗질하던 마늘 농사꾼 집 딸들이었다.

호기심이 충만해진 나는 심지어 '영미'란 이름의 점유율까지 인터넷서 찾아봤다. 내 여동생 이름도 영미다. 여자 이름 중 영미의 점유율은 1968년에 7위(당시 1위는 '미경')를 하고 나서 한 번도 10위권 안에 들지 못했다. 그리 인기 있는 이름은 아니었다. 하지만 이제 영미는 고유명사가 아니다. 보통명사가 됐다.

전통의 쇼트트랙도 스피드스케이팅도 평창의 변함없는 주

인공이었다. 하지만 진정한 영웅은 이번에는 빙판에서 나오지 않았다. 앙상한 뼈대 같은 썰매에 최대한 바싹 몸을 엎드린 채 좁고 굴곡진 동굴 얼음통 속을 엄청난 중력을 견디며 외롭지만 힘차게 질주한 썰매꾼이었다.

'꿈은 이루어진다'는 한일 월드컵 구호는 그냥 주문이었다. 그냥 이뤄지는 꿈은 없다. '우생순'은 거저 굴러 들어오는 호박도, 행운의 잭팟도 아니라는 걸 마늘소녀와 썰매꾼은 몸으로 보여 줬다. 아마도 국민 상당수가 이름도 몰랐을 비인기 종목을 선택하고도 성실과 집념으로 10년 이상 무명의 설움과 열악한 훈련 환경을 견딘 끝에 이룬 꿈이다.

그래서 우리는 더 열광했고, 그들은 더 진정한 갈채를 받았다. 기대했던 화려한 장미꽃이 주연이 되지 못했다. 척박한 땅에 묵묵히 피어난 평창의 소박한 메밀꽃이 주연이 됐다. 꼬리가 몸통을 흔드는 주객전도의 '왝 더 독wag the dog'이다.

우리 뇌리에 가장 오래 저장될 평창의 장면은 아마도 열심히 빗자루(브룸broom)를 쓸어대던 영미의 모습일 거다.

그대가 희망을 접은 청춘이라면 돌덩이와 빗자루 사진을 당장 책상 앞에 붙여 놓으라고 말하고 싶다. 빛나지 않던 것이 샛별이 되고, 불리지 않던 이름이 국민이름이 된 평창의 대반전을 기억하자. 무명과 소외, 박탈과 상실이 그대를 힘들게 한다면 영미, 영미 친구, 영미 동생, 영미 동생 친구를 기억하자. 마음속으로 "영미! 영미 혈!" 주문을 외자. 이왕이면 상황에 맞춰 고저와 완급의 추임새까지 추가해 즐겁고 재미있게. 그리고 하우스(표적)를 향해 끊임없이 스톤을 던지고 브룸으로 문지르자.

시시한 것처럼, 사소한 것처럼 보였던 것이 메인이 되고, 빗자루 쓸던 소녀가 만인의 연인이 되는 과정을 우리는 17일간 생생히 목격했다. 폐회식의 주제는 '미래의 물결the next wave' 이었다.

워라밸이라는
것

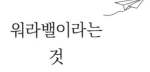

요즘 너도나도 '워라밸' '워라밸' 한다. 'Work and Life Balance', 일과 삶의 균형이다. 이 말이 국민단어가 된 건 결정적으로 서울대 소비자학과 김난도 교수의 공이다. 그가 펴낸 『트렌드 코리아 2018』이라는 책에 '소확행(작지만 확실한 행복)' '가심비(가격 대비 심리적 만족)' '케렌시아(안식처)'라는 신조어와 함께 등장하면서 시대적 대세인 양 회자됐다.

사실 워라밸은 영어를 축약한 신조어일 뿐, 없던 개념은 아니다. 오래 전부터 우리 귀에 익숙한 '저녁이 있는 삶'이 있다. 워라밸이란 말이 워낙 알려지다 보니 워라밸을 모르면 시대 가치에 뒤진 사람이고, 회사형 인간에만 충실하게 살아온 구닥다리 취급을 받는다. 칼퇴를 하는 젊은 직원의 뒤통수를 흘낏 쳐다보며 쯧쯧 혀를 차거나 쩝쩝 입맛을 다시지 말 일이다. 그건 칼퇴가 아니라 정시 퇴근이니까.

그런데 정색하고, 한 가지 의문이 있다. '일과 삶의 균형'은 정말 현실적으로 실현 가능한 것일까. 워라밸이란 말은 마치 개인의 행복한 삶과 밥벌이는 별개라고 속삭이는 것 같다. "일에서 해방되세요. 그래야 비로소 행복해집니다"라고 주문하는 것 같다. 진정한 자기 성장과 자아실현은 회사 문밖에서 이뤄지는 것이라고. 가정과 가족, 공동체, 친구, 취미, 여가 같은 가치들은 노동과 반대 방향에 있는 거라고.

무언가를 더 얻거나 그것에 시간을 할애하고자 한다면 그만큼 다른 무언가는 희생돼야 한다. 제로섬이다. 무한대인 마음의 균형은 가능하지만, 총량이 정해진 시간과 노동의 균형은 어렵다. 자본주의 무한 경쟁 사회에서 그건 쌍무지개를 잡는 것처럼 사실 요원해 보인다.

워라밸에 대해 정식으로 이의를 제기한 분이 있다. 연세대학교 교육학과 장원섭 교수가 『다시, 장인이다』라는 책을 2018년에 냈다. 책의 부제는 '행복하게 일할 것인가, 불행하게 노동할 것인가'다. 그는 '워라밸'을 재정의해야 한다고 주장한다.

위라밸의 취지는 이해하지만, 그건 엄밀히 말해서 '일과
삶의 균형'이 아니다. 정확하게 말하자면 '일인 삶'과 '일
이 아닌 삶' 간의 조화를 말하고 있다. 우리 삶에서 큰
비중을 차지하는 일을 삶의 밖으로 내모는 것이다.

그는 일에 대한 인식을 새롭게 가져야 한다고 주장한다. 삶
의 중심이 지나치게 일로 쏠린 불균형한 워커홀릭이 아니라, 일
을 사랑하면서 그 속에서 끊임없이 자기를 발견하고 일의 리듬
을 삶의 리듬으로 만들어 가는 조화가 중요하다는 것이다.

다시 말해 먹고살기 위해 노동하는 게 아니라 일을 통해 자
기 삶을 완성한다는 자세를 가져야 한다는 것이다. 일과 삶의
'균형'이 아니라 일과 삶의 '통합'이다. 내 일에 가족이나 공동
체 같은 가치들이 어떻게 연결되고 무슨 의미를 더하는지를 탐
색하고, 성찰하고, 노력하는 자세다. 그는 그런 사람을 '현대적
장인丈人'이라 불렀다.

그는 흥미로운 관찰을 했는데 노동에 대한 인식이 미국인은
자아실현형, 일본인은 관계지향형, 프랑스인은 보람중시형인
데 비해 한국인은 '생계수단형'으로 바라보는 경향이 크다는
것이다.

주당 법정 근로시간을 68시간에서 52시간으로 줄이는 근로
기준법 개정안이 2018년 2월 국회를 통과했다. 신문은 근로자

의 총수입은 줄 수도 있지만 워라밸을 누릴 수 있는 여건은 좋아졌다고 일제히 보도했다. 어떤 어떤 대기업들이 시대적 추세에 따라 직원의 근무 여건과 복지를 크게 개선했다는 뉴스도 읽었다. 제목에는 어김없이 워라밸이 따라붙는다. 광고를 본다. '당신의 워라밸을 책임집니다'가 단골 카피다.

일에 대한 도전과 야망과 성취는 더 이상 젊음의 빛나는 훈장이 아닐까? 마치 피 튀기는 링에 오르기도 전에 라커룸에서 글로브를 벗은 복서처럼 미리 지칠 건 없지 않은가.

워라밸이란 기발한 말이 마케팅이 돼 버린 듯한 시대. 워라밸이 진지한 성찰 없이 감성적으로만 소비되고 있다는 생각이 드는 건 내가 아재스러워서일까.

N분의
1

고등학교 동창 세 명이 간만에 밥을 먹기로 했는데 문자가 왔다. 식당의 위치와 약도를 보냈는데 마지막 한 줄이 날 당혹게 했다. 사족이라고 전제하면서 '그런데 계산은 n분의 1'이라고 덧붙인 것이다. 이런 적은 처음이어서 순간 여러 생각이 오갔다.

그 사족이 없었다면 우리는 카운터 앞에서 서로 지갑을 빼들고 승강이를 벌였을 거고, 결국 목소리 큰 사람이 냈을 거다. 계산대 앞에서 익숙하면서도 늘 어색한 그 풍경, 외국인의 눈에 가장 한국적 장면으로 비치는 것 중 하나다.

최근 서울의 한 식당에서 '각자 계산 불가합니다'라는 안내문을 내걸었다는 뉴스가 화제가 됐다. 더치페이를 하는 직장인들이 많아졌기 때문이다. 서빙하기도 바쁜 점심시간에 손님들이 카운터 앞에 긴 줄을 서니 식당 주인이 견디다 못해 내건 것이다. 댓글은 당연히 비난조였다. '열 명이 가서 열 테이블에 앉아 먹읍시다'라는 댓글이 압권이었다.

우리 사회에도 더치페이(국립국어원은 우리말 '각자내기'로 갈음한 바 있다) 분위기가 확산되는 현상은 맞는 것 같다. 혹자는 어려운 경제 사정을 말하지만 그보다는 젊은이들을 중심으로 n분의 1 계산이 자연스러운 것으로 받아들여지고 있다. 한 사람이 몰아서 계산하고 나중에 계좌번호를 몰라도 클릭 한 번으로 내 몫을 계산해 보낼 수 있는 더치페이 앱도 많다.

여론조사 한 걸 보면 각자내기가 좋다는 대답은 늘 압도적이다. 그런데 현실은 생각을 배반한다. 김영란법이 적용되는 관계가 아니라면 친구나 친척, 연인, 상사나 부하, 갑과 을, 직무 관련성이 있는 사람끼리의 식사 자리에서 각자내기는 쉬운 일이 아니다. 누군가가 먼저 말을 하거나 암묵적 합의가 있으면 불편하지 않지만, 그 말을 먼저 꺼내기는 껄끄럽다.

그 자리의 최고 상사나 좌장으로서, 또는 자리를 주선한 사람으로서 n분의 1씩 추렴하자고 운을 떼는 건 체면 구기는 일이다. 행여 좌중의 누군가가 눈치 없이 "오늘은 ○○○께서 사시는 거죠"라고 농담조로 말하면 "어, 그래. 많이들 먹어"라고 가슴 쓰라리지만 호기를 부릴 수밖에 없다.

젊은이들 사이에서도 데이트 비용은 분담해야 한다는 의견이 남녀 공통으로 압도적이다. 하지만 막상 여성이 더치페이를 하면 '개념녀'로 보이고 남성이 더치페이를 하자고 하면 '찌질남' 소리를 듣는다.

서양에서는 식사를 초대하고도 더치페이를 하고 이웃 일본에서도 더치페이는 너무나 당연한 일상적 모습인데, 왜 우리 사회에서만 여전히 어려운 일일까. 염치없는 행위도 아니고 지질한 것도 아닌데, 가부장적이고 위계가 뚜렷하고 남성 본위적 문화여서 그럴까. 그놈의 체면과 과시와 교양 아닌 교양이 먼저 지갑을 꺼내 들게 한다. 분위기로 봐서 내가 내야 할 정황 같은데 호주머니 사정이 안 돼 핑계를 만들고 혼밥을 먹는 일은 초라하고 비루하다.

세상에 공짜밥은 없다고 한다. 사는 사람이나 얻어먹는 사람이나 심리적으로 대가가 따른다. 얻어먹은 사람은 잊어버려도 산 사람은 치부책에 기억하는 법이다. 언젠가는 그게 부메랑이 되어 올 수 있다. 음식점들도 각자 내는 걸 눈총 주면 안 된다. 인건비도 절약해 주는 메뉴 자판기 설치도 한 방법이다. 내 밥값 내가 내는 걸 무슨 권리로 막는다는 건지.

나는 약속을 앞둔 친구의 n분의 1 통보가 일견 정이 없어 보이기도 했지만, 그의 선제적 지혜와 용기가 가상했다. 생각보다는 불편하지 않았다. "다음에는 내가 살게"라는 기약할 수 없는 말이나 "덕분에 잘 먹었어"라는 의례적 표시를 안 해도 되었다. 돌아오는 길이 왠지 편안했다. 서로에게 채권과 채무가 없는 평등한 기분이랄까. 앞으로도 그 친구를 '쿨하게' 자주 만날 수 있을 것 같다.

엄마의
휴대폰

대학에서 글쓰기를 강의하면서 학기말 고사를 백일장으로 대신했다. 무슨 시제를 낼 것인가 꽤 오래 고민하다 내 휴대폰을 보고 갑자기 번개처럼 생각이 떠올랐다. 내가 칠판에 '엄마'를 적어 나가니 아이들은 탄성을 내뱉었다가 '휴대폰'까지 마저 적으니 탄식했다. 미처 생각 못 해 본 제목이었을 거다. 그들은 바로 원고지를 채워 나가지 못했다. 모두 한참 생각에 잠겼다.

채점하는 데 시간이 꽤 걸렸다. 몇 번이고 먹먹하거나 눈시울이 젖어 왔고 어떤 사연에는 박장대소를 했다. 문장력과 표현력에는 차이가 있지만, 글이 주는 감동을 A, B, C로 평가한다는 건 어리석은 일이었다.

언젠가 우연히 엄마의 통화 기록을 보았다. 남편, 잘난 아들, 사랑하는 딸내미, 이 세 이름의 반복이었다. 엄마는 아는 사람이 세 명밖에 없을까. 카톡을 보았다. 프사에는 늘 내 사진이나 동생의 사진이다. 엄마 사진을 올리는 적은 한 번도 못 봤다. 내용을 쭉 읽어 봤다. 밥 먹었니, 언제 오니, 전화 좀 해 줘. 이 세 문장이 도배하고 있다. 엄마가 바라보는 세상은 왜 이리 좁을까. 갈비뼈 한 구석이 아파져 왔다. 나는 엄마의 휴대폰이 아닌, 한 사람의 한 여자의 휴대폰이길 바란다.

우리 엄마는 억척스러운 아줌마 스타일이다. 집에선 늘 박스티에 반바지 차림이다. 어느 날 엄마 폰에 저장된 노래들을 우연히 봤다. 조용필, 이선희, 녹색지대, 비틀스, 마이클 잭슨⋯⋯. 옛날 가수들 이름별로 정리되어 있었다. 아, 엄마에게도 소녀 시절이 있었구나. 엄마는 신이 나서 그 가수들 이야기를 했다. 난 그런 엄마가 모처럼 좋아져서 콘서트 티켓을 선물하고 싶은 마음이 들었다. 하지만 돌아온 대답은 '콘서트 표가 얼마나 비싼데, 그냥 이걸로 들을게'. 울 엄마는 평생 아줌마에서 벗어나질 못한다.

내가 중학생일 때 우리 가정은 어려웠다. 난 폴더폰을 쓰는 게 부끄러워 휴대폰을 책상 위에 꺼내 놓지도 않았다. 엄마는 휴대폰도 아예 없었다. 난 매일 스마트폰을 사 달라고 졸라 댔다. 어느 날 엄마는 소원을 들어주었다. 난 뛸 듯이 기뻤다. 그리고 대학에 가서 우연히 알게 됐다. 엄마의 금반지가 없어졌다는 걸. 난 그날 내 휴대폰을 한강에 던져 버리고 싶었다.

절대평가였다면 몇 개 빼곤 다 A⁺를 주고 싶은 마음이었다.

게임에 빠져 매일 하트를 날려 달라며 날 귀찮게 하던 엄마였는데, 그게 엄마가 외로움을 푸는 유일한 방법인 줄 몰랐다. 그리고 내가 보내 주는 하트가 내가 잘 있는지를 확인하는 엄마의 방법이었다는 걸 뒤늦게 알게 됐다. 엄마 요새는 왜 하트 날려 달라고 안 해?

엄마는 폰을 못 바꾼다. 폰에 저장된 어릴 적 자식들 사진들이 날아가게 될까 봐. 기기를 바꾸어도 사진은 얼마든지 다 옮길 수 있다고 아무리 말해도 싫다고 한다. 엄마는 정말 바보일까.

엄마는 내게 평생 수많은 것을 가르쳐 주었다. 난 엄마가 스마트폰 사용법을 가르쳐 달라고 할 때마다 혼자 해 보라고 왕짜증을 냈다. 엄마에게 가르쳐 줄 수 있는 유일한 것마저 외면했던 나는 참으로 무심한 아들이었다.

시골 사는 내 엄마는 기계치라서 문자 쓰는 법을 여러 번 가르쳐 줘도 못 한다. 하루는 문자가 왔다. 너무 반가워서 전화했더니 내가 바쁜데 방해가 될까 봐 열심히 배웠다고 한다. 그런데 문자를 유심히 보니 획이 듬성듬성 빠지고 맞춤법도 엉터리였다. 난 갑자기 울고 싶었다.

20대 초반의 대학생들이 엄마의 휴대폰에서 떠오른 생각은 대체로 이런 것들이었다. 엄마의 사랑에 무심했던 후회와 미안함, 한 인간으로서의 흔적이 별로 없어 마음이 아팠다는 이야기들이 원고지 행간에 넘쳤다. 요즘 50대 어머니들은 휴대폰으로 많은 걸 잘하는데, 글로 쓰다 보니 눈물 나는 사연만 부각한 점도 있을 거라고 생각은 한다.

아무튼 그들 눈에 비친 엄마의 휴대폰은 자신들의 것과는 너무나 다른 세상이었다. 그 폰의 주 기능은 검색도 저장도 세상과의 소통도 아니었다. 그 폰의 주인공은 어머니 당신이 아닌, 바로 그들 자신이었음을 깨달은 것이다.

내 어머니의 휴대폰? 그러고 보니 나도 무심하긴 마찬가지였다. 혼자 사시는 내 어머니는 눈도 어둡고 연로해서 문자를 못한다. 다른 기능을 쓸 일도 없다. 먼저 전화를 하시는 일도 거의 없다. 그런데도 늘 폰은 갖고 다니신다. 그 이유를 물어보니 갑자기 집에 내려온다는 자식들 전화를 못 받을까 봐, 라고 하셨다.

세계
월경의 날

　세상이 많이 바뀌었다. '별것'을 다 기념한다. 5월 28일이 '그것'을 기념하는 날이다.

　'세계 월경의 날'은 독일의 한 NGO 주도로 2014년부터 시작됐다고 한다. 여성의 평균 월경 주기 28일, 생리 기간 5일에서 간택된 날짜다.

　내가 직장 생활을 할 때, 생리휴가가 법적으로 보장돼 있어도 차마 그 단어를 발설할 수 없어서 일그러진 얼굴로 일한 직원이 많았음을 나는 기억한다. 유독 씩씩했던 한 직원은 다 듣는 데서 "부장, 저 생리통이 너무 심해서 쉬어야겠습니다"며 보란 듯이 퇴근했다. 그 후 나는 여직원 중에 그런 눈치가 보이면 가라고 눈짓을 보냈다. 나도 아내와 딸이 있는데 얼마나 고통스러운지 충분히 짐작할 수 있다.

그 생리가 이제 부끄러운 게 아니고 기념하는 것이 됐다. 여성환경연대는 '대놓고 월경파티, 월경피크닉'을 열었다. '월경박람회'도 있다. 2018년 집회에서는 여성단체 회원들이 광화문 광장에 모여 붉은 음료를 들고 "월경에 치얼스!cheers!"라고 외치며 건배하는 사진이 언론에 실렸다. 생리대를 빨갛게 칠해 전시한 이벤트도 있었다. 자매들의 진한 '피의 연대기'는 매년 이어지며 발전을 거듭한다. 언젠가는 외국처럼 생리혈을 뿌리는 시위가 벌어질지도 모르겠다.

그런데 그게 정말 생리를 기념하는 날일까. 파티를 열고 박람회도 한다지만 기념하자는 게 아니라 '기억'하자는 것임을 알고 있다. 그러니 남자들이여, 별걸 다 기념한다고 이상한 눈으로 보지 말 일이다. 그건 여성이 매달 겪는 '건강 문제'에 대한 국가와 사회의 관심 촉구다.

2016년 5월 초경을 맞은 한 가난한 집 초등학생이 생리대를 살 돈이 없어 운동화 깔창으로 대신했다는 사연이 알려졌다. 21세기 복지국가의 시대에 '깔창 생리대'라니. 많은 이들이 눈물을 흘렸다. 이 사연은 그 직전에 발생한 강남역 10번 출구

살인 사건 만큼이나 여성의 현실에 대해 우리 사회의 큰 반향을 불러일으켰다. 무엇보다 생리란 단어를 국어사전에서 커밍아웃시켰다.

생리대는 비로소 꽁꽁 묶인 검은 비닐봉지 안에서 탈출했다. 생리대를 공공재로 지원하라, 값을 낮춰라, 인체 유해 물질이 있는지 국가는 철저히 검사하라는 여성계의 목소리가 높아졌다. '월경권'이 등장했고 생리는 '정치적' 문제가 됐다. 일회용 생리대가 한국에 등장한 지 약 50년 만이다.

생리대는 1995년까지 TV 광고 금지 품목이었다. '시청자에게 혐오감을 줄 우려가 있다', 이게 그 이유였다. 그 후의 생리대 광고는 한결같이 "그날이 와도 걱정 없어요"를 속삭였다. 생리혈이 파란색인 줄 안 소녀도 있었다.

2018년 말 처음 한 업체의 광고에서 '생리'라는 단어가 발설됐다. 광고 속 소녀는 더 이상 하늘하늘한 하얀 옷을 입고 하늘을 날거나 자전거를 타지 않았다. 소녀는 광고 속에서 짜증스럽게 내뱉었다. "그날이 도대체 뭔데? 아프고 신경질 나. 아무것도 하기 싫어. 그게 바로 생리라는 거야."

그 얼마 후 다른 업체 광고는 한 발 더 나갔다. "생리 터진다. 축축찜찜. 대환장 생리파티!" 리얼한 카피다. 피도 드디어 제 본

연의 색깔을 찾았다. 여성들의 열화 같은 댓글이 붙었다. "광고
가 드디어 정직해졌네요."

2016년 6월 광주 광산구의회에서 저소득층 소녀에게 생리
대를 지원하자는 안건이 상정되자 "의회 본회의장에서 생리대
운운은 적절하지 못한 발언"이라 준엄하게 일갈하셨던 의원
님. 그분이 이 광고를 봤다면 밥맛이 떨어졌을까 갑자기 궁금
해진다.

현대 복지 제도의 허울을 고발한 거장 켄 로치 감독의 영화
〈나, 다니엘 블레이크〉. 2016년 칸영화제 황금종려상, 2017년
영국 아카데미 작품상을 받은 영화다. 가난한 싱글맘 여주인
공이 마트에서 생리대를 훔치는 장면이 나온다. 그는 붙잡히고
성매매의 길에 들어선다. 복지국가 영국은 음식은 지원해 주지
만 생리대는 지원해 주지 않았다. (지금은 생리 빈곤 문제가 선
진국에서도 사회적 이슈가 되면서 거의 모든 구미 국가들은 여성
청소년들에게 생리대를 무상 공급한다. 우리나라도 비슷한 정책
을 펴고 있다.)

미국 페미니즘의 대모인 글로리아 스타이넘이 쓴 책 중에
『남자가 월경을 한다면』이란 제목이 있다.

월경은 부러움의 대상이 되고 자랑거리가 될 것이다. 남

자들은 자기가 얼마나 오래 월경을 하며, 생리의 양이
많은지 떠들어댈 것이다. 초경을 한 소년을 축하하기 위
한 종교 의식, 가족 파티, 선물이 마련될 것이다. 국가는
전 남성에게 생리대를 무료로 지급한다. 월경불순연구
소가 국가 예산으로 운영될 것이다.

인류의 절반은 평생의 8분의 1 정도 기간인 3,000일 동안 피를 흘리며 산다. 영원히 결코 뒤집어질 수 없는 생리의 세 가지 진실. 생리를 선택한 여성은 없다. 생리는 굶을 수 없다. 남자든 여자든 월경 없이 태어난 사람은 없다. 생리나 생리대는 음지에 숨어 있어야 할 이유가 없는 단어다.

전쟁과 젖꼭지 중
무엇이 더 위험한가?

몰래카메라는 원죄가 없다. 탄생부터 아무 잘못은 없었다. 오히려 환영을 받았다. 권력이 언론에 재갈을 물릴 때, 숨겨져 있는 진실을 파헤칠 때 몰래카메라는 저항과 폭로의 수단으로 힘을 발휘했다.

몰래카메라가 처음 알려진 건 1928년이다. 뉴욕 『데일리뉴스』의 톰 하워드라는 기자가 바짓가랑이에 카메라를 숨겨 사형 집행장에 들어갔다. 보험금을 노리고 애인과 공모해 남편을 살해한 주부가 전기의자에서 사형당하는 모습을 촬영해 대서특필했다. 이 몰래카메라는 워싱턴의 신문 박물관인 뉴지엄에 전시돼 있다.

우리나라에서는 몰카 하면 개그맨 이경규다. 1991년 MBC 〈일요일 일요일 밤에〉에서 연예인들을 악의 없이 속여 넘기며 그 민낯을 훔쳐보는 수단으로 등장해 큰 인기를 끌었다. 이어 1996년 〈일밤-이경규가 간다〉 양심냉장고 편에서 일종의 공익성 몰카로 발전했고 몰카라는 단어가 사전에 오르는 계기가 됐다.

이런 착한 몰카가 관음과 성욕을 충족하는 사악한 몰카로 바뀐 건, 초소형 카메라 기술이 발전하고 누구나 휴대폰을 갖고 다니는 세상이 되면서부터다. 이제 여성들은 북핵보다 무서운 게 몰카라고 말한다. 지하철 여자 화장실에 숭숭 뚫린 구멍을 봤는가. 핸드백 속에 송곳이나 옷핀, 실리콘, 스티커를 갖고 다닌다는 여성들의 이야기를 들어 봤는가. 우리의 딸들이 화장실에 앉아 구멍을 메우는 모습을 상상해 봤는가.

2018년 6월 일단의 젊은 한국 여성들이 백주에 대로에서 상의를 훌러덩 벗어 던졌다. "내 몸은 포르노가 아니다. 그렇게 보고 싶으면 실컷 보라"며 가슴을 드러낸 것이다. '몰카'에 한방 먹인 것이다. 몰카의 존재 가치를 없애 버린 것이니까.

불꽃페미액션이라는 여성 행동단체 회원들이 서울 강남의 페이스북 건물 앞에서 벌인 시위였다. 이 단체는 그 전의 월경 페스티벌에서 여성의 가슴 노출이 음란으로 규정되는 사회 인식에 저항하기 위해 가슴을 드러낸 퍼포먼스를 벌이고 그 사진을 페이스북에 올렸다. 그런데 페이스북은 이 사진을 음란물로 분류해 이 단체 계정을 정지해 버린 것이다. 그러자 이에 항의해 그 사무실 코앞에서 만인이 보란 듯이 예고를 하고 '정식으로' 가슴을 보여 준 것이다.

대기하던 경찰은 여성들이 진짜 벗어 버리자 놀랐다. 여경들은 천을 빙 둘러쳐 행인의 시선을 막아 버렸다. 경범죄나 공연음란죄를 적용할지 고심했다(실제 적용하지는 않았다). 결국 페이스북이 졌다. 사과하고 해당 콘텐츠 차단을 해제했다. 이 풍경은 참 아이러니하다. 보여 주겠다는데 막고, 음란한 게 아니라는데 음란하다고 한다.

브라의 역사는 사실 여성해방의 역사다. 브래지어 자체가 몸을 꽉 조이는 코르셋으로부터 여성을 해방시킨 발명인데, 2010년대 중후반 페미니즘의 새 물결이 지구촌을 휩쓸면서 이제는 '탈코르셋' 캠페인의 상징이 됐다. 내 몸의 주인은 나 자신이라는 의식, 남의 기준과 시선으로부터 자유로울 권리, 사회 통념이 강요하는 여성스러움과 아름다움의 기준에 저항하는 의식적 행동으로서 탈브라가 맨 앞줄에 서게 된 것이다.

"가슴 노출을 허하라(Free the nipples)." 이 시위는 2014년 미국에서 시작된 여성운동이다. 여성참정권의 날인 8월 26일에 미국과 유럽의 대도시에서 여성들이 가슴을 다 드러낸 채 거리를 행진한다. 'Go topless day' 축제다. 이에 동조해 참여하는 남성들도 많다. 이들은 외친다. "가슴은 평등하다!"

한국에서 여성 가슴의 현실은 이렇다. 영화제 레드카펫에서 아슬아슬하게 젖꼭지만 살짝 가린 채 가슴을 거의 다 드러낸 여배우 패션은 스포트라이트를 받고, 저잣거리나 방송에서 노브라이거나 유두가 드러나면 '사고'거나 '음란'이거나 '혐오'가 된다. 가슴살을 다 드러낸 채 재킷만 걸친 남자 연예인(송민호)의 공항 패션은 멋지고 예능 프로그램에서 남성 사회자(전현무)의 돌출 유두는 개인기가 되지만, 옷 속으로 젖꼭지 하나 비친 가수 화사의 공항 노브라 패션은 온라인을 뜨겁게 달군다.

여기서 묻고 싶다. 브라는 여성의 에티켓인가, 사회의 공인된 규범인가, 개인의 자유이자 취향인가. 여성이 브래지어로부터 진정 완전하게 해방되는 날이 올 것인가. 그 해방이란 무슨 의미일까. 패드와 와이어가 없는 브라렛이든 브라든 노브라든 토플리스든 남성과 여성이 모두, 그리고 이 사회가 가슴에 대해 음란과 도덕·당당함과 수치의 이분법적 영역에 가두지 않는 날이 그날이 아닐까.

이성 친구와 손잡고 젖꼭지 노출은 기본 중 기본인 19금 영화를 감상하고, 손가락 한 번 까딱하면 수백만 장의 누드를 검색할 수 있는 대명천지에 살고 있지만, 한국 여성들은 '섹시하게' 드러내되 '정숙하게' 감춰야 한다는 이중적 요구를 받고 있다. 유럽의 어느 토플리스 시위에서 나온 구호가 생각난다. "전쟁과 젖꼭지 중 무엇이 더 위험한가?"

내 키는
루저였지만

나는 루저다. 그것도 한참 루저다. 남자는 키가 180센티가 넘어야 한다는 루저 논란에서 보면 그렇다. 중·고등학교 다닐 때 뒤에 앉은 큰 키의 동급생을 보면 딴 세상 아이들 같았다. 그들은 더 남자다운 것 같았고 노는 물도 달라 보였다.

그 시절에는 키 순서에 따라 학급 번호를 부여하는 게 당연하게 받아들여졌다. 그러다 보니 대체로 고만고만한 같은 번호대의 급우끼리 친하게 어울렸고, 학년 내내 한마디도 말을 섞어 보지 못한 뒤쪽의 키 큰 친구들도 있었다. 출입하는 문도 앞문 뒷문 달랐다. 책상도 번호 순서이니 1번부터 앞에 앉았다. 지금 기준으론 명명백백한 '차별'이다.

그런데 이제 동창회에 가면 키가 별로 눈에 띄지도 않고 의식하지도 않는다. 60번이 넘던 친구가 왠지 왜소해 보이기도 하고, 5번 안에 들던 키 작은 친구가 당당하고 커 보이기도 한다. 다들 번호 순서에 따라 우열이 있는 삶을 살지도 않았다. 이젠 키 높이 구두를 사지 않고 깔창도 끼우지 않는다. 나이를 먹고 보니 비로소 키에 대한 생각에서 해방됐다.

키가 내 인생에 어떤 영향을 끼쳤는지 생각해 봤다. 어쩔 수 없는 유전자 탓에 나의 아이들이 훌쩍 크지는 않아서 미안한 마음이 들긴 하지만, 내 인생에 키의 높이가 준 불편함은 있었을지언정 불이익은 없었던 거 같다. 키가 나의 IQ와 직업과 재능과 인격과 배우자를 결정한 것도 아니었으니(순전히 내 생각).

남자의 키를 소재로 삼은 정말 유쾌한 영화가 있다. 2016년 말에 국내서 개봉했던 〈업 포 러브〉(로랑 티라르 감독)라는 프랑스 로맨틱 코미디다.

둘 다 이혼 전력이 있는 남녀. 여자는 176센티의 늘씬한 미인에 성품마저 좋은 성공한 변호사다. 남자는 뇌하수체 이상으로 136센티에서 성장이 멈춘 건축설계사다. 하지만 키 하나 빼고는 늘 주변에 밝고 긍정적인 에너지를 뿜어내는 당당하고 유머러스하고 젠틀한 남자다.

두 사람은 여자가 카페에 놓고 간 휴대폰을 돌려주는 과정에서 처음 만나 점차 서로의 매력에 이끌리고 급기야 사랑에 빠진다. 처음 만났을 때 여자가 당황하자 남자가 이렇게 말한다. "제가 40센티가 작은 게 불편한가요? 특이하고 놀랍긴 해도 별일이 아니죠. 전쟁이 나거나 입 냄새가 나야 큰일인 거죠."

하지만 사회와 가족의 시선과 편견이 두 사람의 결합을 힘들게 한다. 나로 인해 상대가 불편해지는 것도 마음이 아프다. 스스로의 감정에 솔직하고 싶으면서도 막상 그렇지 못하는 자신이 싫기도 하고 밉기도 하다. 남자는 여자가 주변 사람들한테 상처받을까 봐 마음이 아프다. 둘은 헤어진다. 아들이 힘들어하는 아버지에게 묻는다. "아빠는 키가 작은 게 화가 안 나?" "괜찮아. 키가 컸다가 작아지면 화가 나겠지만 다른 인생은 안 살아 봐서 몰라."

여자는 결국 다시 그 남자를 찾아가며 영화는 끝난다. "당신을 사랑해요. 같이 살 준비가 돼 있어요. 남의 시선이 쉽진 않겠지만 결정은 내가 해요. 당신을 사랑하는 것도 나고, 이제 난 알아요. 난 이제 자유예요. 해방되었어요. 당신 목도 아프고 내 등도 아프겠지만 우리 함께 견뎌 내요. 남들이 뭐라 하든지."

로맨틱 코미디의 전개는 사실 뻔하다. 관객은 갈등과 반전 끝에 해피 엔딩이 올 것을 경험상 잘 안다. 기승전해피다. 이 영화도 그런 공식에서 벗어나진 않지만 우리 주변의 고정관념과 편견, 그걸 극복하는 과정을 일상의 소소한 에피소드와 버무리며 꾸밈없이 묘사하고 있다. 꽤 재미있고 즐겁고 어느 장면에선 가슴이 먹먹해지는 영화다.

영화의 메시지는 굳이 말할 것도 없다. 프랑스 철학자 라캉의 그 유명한 말처럼, 우리는 나의 욕망을 위해 사는 게 아니라 타자의 욕망을 욕망하며 살았다. 진달래는 진달래답게 피면 되고, 키 작은 민들레는 민들레답게 피면 되는 걸, 모두 다 장미처럼 보이고 싶어 했다.

영화에서 결혼을 고민하는 여주인공에게 친구가 이렇게 일갈한다. "너야말로 난쟁이야. 정서적 난쟁이. 틀에 박힌 편견 때문에 조금만 달라도 못 받아들이지. 그게 나치야. 세상이 나치 천지야."

다시 내 키로 돌아간다. 내 키가 180이 넘었다면? 내 삶에 어떤 변화가 있었을까? 정답은 "Maybe, No". 작지 않게 보이려고 더 열심히 살았는지도 모르겠다.

염색, 할까요?
말까요?

오늘도 후회했다. 이마의 주름에 비해 머리가 너무 새까맣게 보였다. 왠지 나 같지 않다. 샴푸로 머리를 빡빡 문질렀다. 아내는 그런 내가 이해가 안 되나 보다. "한결 보기 좋아졌는데 왜 그래요?" 난 짐짓 "그래?"라고 했지만, '휴, 다음에는 내가 어디 염색을 하나 봐라' 속으로 중얼거렸다.

60이 넘고 머리가 반쯤 센 나는 아직도 머리색에 관한 한 지조가 없다. 주변의 의견마저 날 헷갈리게 만든다. 동네 단골 이발소에서는 보기 좋은데 왜 굳이 염색하냐고 하지만, 아내는 늘 염색을 권한다.

중년에 접어들어 머리에 서리가 내리기 시작하면 남자들은 갈등한다. 동창 모임에 가면 천차만별이다. 백발거사 옆에 완전 까만 머리가 앉아 있다. 외모만으로도 열 살 이상 차이 나 보인다. 머리카락이 듬성듬성한 친구에겐 미안하지만, 염색이 화제에 오르면 의견은 갈린다. 결국 논쟁의 포인트는 이거다. 젊어 보이는 게 좋은가, 아니면 원숙해 보이는 게 멋스러운가.

　이분도 같은 고민을 했나 보다. 그분은 나이가 예순인 국회의원인데 얼마 전 페이스북에 흰머리가 제법 난 사진을 올리고 "염색을 안 하고 버틸까 하는데 페친님들 생각은요?"라고 물었다. 댓글이 100개쯤 붙었는데 염색을 하라는 의견이 8 대 2 정도로 많았다. 난 내심 놀랐다. 그 의원님은 다음 날 민심에 따랐다며 염색한 사진을 올렸는데 '좋아요'가 압도적이었다.

　나는 흰머리가 슬슬 보이기 시작하면서, 이제 기품까지는 아니더라도 연륜이 있어 보이겠구나 싶어 내심 싫지는 않았다. 은발 하면 남성은 작고한 신성일, 여성은 패티 김이다. 두 사람 다 얼마나 멋진가. 나도 은발에 청바지, 하얀 운동화를 꿈꿨다.

　은발로 더 매력적인 외국 배우도 많다. 폴 뉴먼도 그랬고 청춘스타였던 브래드 피트나 리처드 기어는 어떤가. 조지 클루니는 젊고 아름다운 여성도 중년 남자의 은발에 유혹당한다는 환상을 심어 줬다. 오죽했으면 『조지 클루니 씨, 우리 엄마랑 결혼해줘요』(수진 닐슨 지음)란 제목의 책까지 나왔을까. 66세였던 시진핑 중국 국가 주석이 2019년 3월 열린 전인대에 염색하지 않고 등장한 게 뉴스가 됐다. 인민에게 친근한 이미지를 부각했느니, 자신감의 발로라는 둥 서구 언론의 의미 부여가 유별났다.

그런데 말이다. 어느 날 나는 문득 유심히 거울 속의 남자를 바라봤다. 흰머리가 무질서하게 삐죽삐죽 두피의 절반 이상 솟아 나온, 추레하고 총기를 잃은 초로의 사내가 무표정하게 서 있었다. 거기에는 젊은 오빠도, 로맨스그레이 파파도 없었다. 나는 신성일도, 리처드 기어도, 조지 클루니도 아니었던 것이다.

쓸쓸한 내 어깨 뒤에서 바쁜 내 아들이 언제 흰머리를 뽑아 주려나. 아내 무릎베개의 다정하고 호사스러운 장면은 꿈이다. 그날로 나는 3,000원짜리 갈색 톤의 염색약을 사 거울 앞에 섰다. 염색약을 빗에 발라 쓱쓱 몇 번 빗질만 했다. 군데군데 희끗희끗한 게 남아 있어야 제 머리인지 염색한 머리인지 남의 눈을 헷갈리게 하는 데 유리하다는 걸 알았다. 전철에서 자리를 양보받을 일도 없다. 그런데 백발을 가지런히 빗질해 넘기고 빨간 넥타이에 반짝반짝 광택을 낸 백구두를 신은 동창을 보면 마음이 또 흔들린다.

언제 이런 경지에 오를 것인가. 이백은 「장진주將進酒」에서 읊었다. "황하의 물결이 흘러가면 돌아올 수 없듯, 아침에 푸른 실 같던 머리 저녁에 눈이 됐다고 서러워하지 마라. 인생의 뜻을 알았다면 즐길지니, 금잔에 공연히 달빛만 채우지 말지어다."

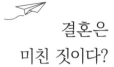

결혼은
미친 짓이다?

　사랑. 이것이야말로 먼 옛날부터 문학과 예술의 영원한 테마였다. 그런데 문제는 이거다. 사랑 또는 사랑의 가치는 영원무궁 변치 않는다 해도, 사랑의 속편 격인 결혼의 가치와 형태는 시대와 문화에 따라 달라진다는 것이다.

　한참도 전인 2005년과 2006년에 '불온한' 제목의 탁월한 두 소설이 있었다. 이만교의『결혼은 미친 짓이다』와 박현욱의『아내가 결혼했다』. 둘 다 큰 문학상을 받았다. 유하, 정윤수 감독이 차례로 영화로 만들어 흥행에도 제법 성공했다.

　빛바랜 두 영화의 포스터를 꺼내 본다. 포스터는 도발적으로 이렇게 묻고 있다.

"애인, 아내 어떤 걸로 할까?(《결혼은 미친 짓이다》)."

"자신 있어? 한 사람만 사랑할 자신이(《아내가 결혼했다》)."

그 시절에 세상에 대고 이렇게 물었으니 당시로선 파격적이었다. 결혼 상대를 쇼핑 리스트를 놓고 고르듯 하는 여자, 그리고 "내가 별을 따 달래, 달을 따 달래. 그냥 남편 하나 더 갖겠다는 것뿐인데"라며 두 집 살림을 버젓이 하는 아내.

통계청의 '2018년 사회조사 결과'에는 놀라운 결과가 나왔다. "결혼은 해야 한다"고 대답한 비율이 처음으로 절반 이하인 48.1퍼센트로 떨어진 것이다. 그리고 "남녀가 결혼하지 않더라도 함께 살 수 있다"고 답한 비율이 처음으로 절반을 넘었다(56.4퍼센트). 결혼과 동거에 대한 생각이 처음 역전된 것이다. 언론은 이 두 가지를 대비시켜 큰 제목으로 부각했다.

이 패러독스를 어떻게 해석해야 할까. 국민의 절반 이상이 동거를 괜찮다고 생각하는데 현실 세계에서의 동거는 여전히 숨어 있고 불온하고 음습하기까지 하다. 시골에서 부모가 올라오면 한 명은 친구 집을 전전해야 한다.

사실 동거는 이미 세계적 트렌드다. 프랑스 석학 자크 아탈리는 뉴밀레니엄 직전에 펴낸 『21세기 사전』에서 2030년이면 일부일처 결혼 제도가 사라지고 90퍼센트가 동거로 바뀔 것이라며 결혼 제도의 종말을 예언했다.

프랑스에는 1999년에 제정된 시민연대협약(팍스PACs)이란 제도가 있다. 팍스는 동거 커플에게 법률혼 부부와 똑같은 출산·육아 지원과 사회보장 혜택을 준다. 파트너에 대한 일정한 의무를 지는 동거계약서를 제출해야 하지만, 결혼과 다른 점은 복잡한 이혼 절차 없이 언제든지 갈라설 수 있다는 점이다. 2019년 프랑스에서 법률혼은 22만 8,000명, 팍스로 결합한 사람은 19만 2,000명으로 비슷했다. 팍스는 일종의 사회계약 형태의 준부부인 셈이다.

팍스가 준 최고의 선물은 베이비다. 1.65명까지 떨어졌던 프랑스 출산율은 2019년 유럽 최고치인 1.96명으로 올라갔다 (우리나라는 1.05명). 우리나라 동거 커플은 아이를 안 낳는다. '미혼모'에 '사생아' 소리를 들어야 하니까. 유럽에는 프랑스처럼 혼외아 출산이 전체 출산의 50퍼센트를 넘는 나라가 8개국이나 있다. 유럽에서 동거는 특별하지도, 이상한 것도 아니다. 국가가 인정하는 새로운 가족 형태일 뿐이다.

우리나라에서도 미혼과 기혼이란 이분법적 구분이 낡아 가고 있다. '비혼非婚'이란 단어가 흔히 쓰이고 있다. 미혼은 결혼은 해야 하지만 아직 못 했다는 의미가 강하고, 비혼은 결혼을 못 한 게 아니라 하지 않겠다는 것이다. 비혼과 독신은 또 다르다. 비혼은 혼인신고는 안 하지만 동거, 계약, 싱글맘, 싱글대디, 공동체 생활 등 다양한 가족 형태에 대한 가능성이 열려 있는 용어다.

다시 처음으로 돌아가자. 위의 두 작품은 매우 본질적인 질문을 던진 거다. 결혼은 사랑의 완성인가, 사랑하면 결혼해야 하는가, 일부일처제만이 옳은가 (또는 좋은가?).

미래학자들의 대체적 전망은 20년도 전인 자크 아탈리의 예언처럼, 지금의 (속박적) 결혼 제도는 과거의 유산이 되고 말 거라는 견해다. 그렇다고 남녀 간 사랑의 감정이라는 게 사라지지는 않을 것이다. 그 사이에서 접점이 생겨나는 것이다.

그 접점은 아마도 서로에게 독점적 관계와 부양의 의무, 이혼의 배상을 지우는 일부일처제에서 벗어나 자유롭고 독립적인 관계, 법이 개입하지 않는 쉬운 이별이 가능한 형태가 될 것으로 짐작된다. 가정은 매우 다양한 형태로 존재하고, 그만큼 육아와 교육에 대한 국가의 역할은 커질 것이다. 남녀의 결합은 제도보다 관계로, 이상보다 현실로 그 가치가 옮겨 갈 것이다.

이제 "결혼을 해야 하는가"라는 질문은 점차 우문이 되어 가고 있는 거 같다. "당신은 왜 결혼을 하고 싶은가" "어떤 가족 형태를 바라는가"를 물어야 할 때가 서서히 오고 있다.

나이키의
뚱뚱한 마네킹

2019년 6월 영국 런던 도심 옥스퍼드 거리에 있는 나이키 매장이 갑자기 세계적 뉴스를 탔다. 매장 안에 상당히 뚱뚱한 체형의 여자 마네킹이 세워진 것이다. 마네킹은 나이키의 스포츠 탑과 레깅스를 입었다.

현지 언론과 시민, 특히 여성의 반응은 대체로 호의적이었다. 지나치게 날씬한 마네킹 체형의 고정관념이 현실에 맞게 교정된 것을 환영했다. 그러나 반론도 만만치 않았다.

권위 있는 일간지 『텔레그래프』에는 「비만 마네킹은 여성들에게 위험한 거짓말을 팔고 있다」는 칼럼이 실렸다. 필자는 "그 마네킹이 상징하는 여성은 나이키의 멋진 옷을 입고 달릴 수 없을뿐더러 당뇨병 환자일 가능성이 크고 고관절 치료를 받아야 한다. 이윤을 위해 비만 모델을 건강하다고 주장하려는 나이키가 우려스럽다"고 주장했다.

이 뉴스를 보며 정말 지금까지 뚱뚱한 마네킹이 전혀 없었던가, 하는 사실에 나는 놀랐다. 마네킹 하면 당연히 팔등신이라는 게 우리의 고정관념이었다. 백화점 여성 의류 코너를 지날 때, 특정 부위의 섹시함이 과장된 마네킹에 손바닥만 한 속옷이 입혀져 있는 걸 보고 눈을 둘 곳이 없었던 경험도 있다. 남자 마네킹도 마찬가지다. 하나같이 뚜렷한 복근에 가슴이 두드러진 멋진 근육질 체형 마네킹 앞을 지나노라면 난 주눅이 들었다.

여성 마네킹은 대체로 키 178센티, 가슴 32인치, 허리 24인치, 엉덩이 35인치의 바비 인형 몸매인데 이런 몸을 가진 한국 여성은 10만 명 중 1명꼴이라고 한다. 2015년 국가기술표준원 조사에 따르면 20~24세 한국 여성의 평균 키는 160.9센티, 허리둘레는 약 28인치다.

우리나라에서도 문제의식이 있었다. 찾아보니 여성환경연대가 2017년 7월 명동에서 "문제는 마네킹이야"라는 이름의 퍼포먼스를 했다. 이들은 이렇게 주장했다.

"여성들은 비정상적으로 마른 마네킹의 몸이 마치 표준인 것처럼 전시되는 것을 보면서 자신의 몸에 대해 비참함과 죄책감을 느낀다. 마네킹 같은 몸매를 칭송하는 사회적 분위기 속에서 여성들은 끊임없이 다이어트 압박을 받고 자신의 몸을 혐오한다."

요즘 인스타그램에는 주로 풍뚱한 지구촌 여성들이 자신의 몸매를 찍어 올리는 '바디 포지티브body positive(몸 긍정)' 운동이 대단하다. 1,000만 장이 넘는 게시물이 뜬다. 터질 듯한 가슴, 또는 처진 가슴, 살이 몇 겹으로 접히는 허리, 두꺼운 허벅지, 깊은 흉터 등을 당당하게 공개한다.

이런 분위기에 힘입은 건지 요즘 세계에서 가장 잘나가는 패션모델은 80킬로가 훨씬 넘는 미국의 플러스 사이즈 모델 애슐리 그레이엄이다. 세계적 주간지 『스포츠 일러스트레이티드』의 2016년 수영복 특집호 표지 모델로 등장했다. 그는 "I'm No Angel"을 외치며 미국의 대표적 고가 속옷 브랜드 빅토리아 시크릿과 대적했다. '엔젤'은 빅토리아 시크릿의 패션쇼 무대에 서는 늘씬한 전속 모델을 말한다.

그는 한 인터뷰에서 이렇게 말했다.
"이 세상에 완전한 몸매라는 건 존재하지 않는다. 그에 대해 꿈꾸는 것은 어리석은 일이다. 사이즈와 형태가 어떻든 자기 자신을 사랑하는 것은 범죄가 아니다. 그건 하나의 권리다. 어린 시절 엄마는 내게 말했다. 당당함이 가장 매혹적이고 섹시한 거라고."

바디 포지티브 캠페인을 주도한 디자이너 맬로리 던은 조금 다른 톤으로 말했다.

"자기 몸 긍정이 언제나 자신을 아름답고 대단하다고 느껴야 한다는 건 아니다. 불가능한 미적 기준에 자신을 끼워 맞추지 않는다는 것이지, 자기 외모의 모든 측면에 경탄해야 한다는 건 아니다. 소파에 앉아 온종일 정크 푸드를 먹으며 자신을 돌보지 않아도 괜찮다는 건 아니다."

내 생각은 이렇다. 아름다운 몸은 아름답다는 걸 부인할 순 없다. 하지만 광고 카피처럼 모든 몸이 다 아름답고 건강하다는 건 거짓말이다. 다만 어떤 몸이든 존중받을 권리, 차별받지 않을 권리는 있는 것이다.

출근길 옷장 앞에 선
그대에게

만약 남자와 여자가 직장에 매일 같은 옷을 입고 출근한다고 치자. 어떤 반응이 나올까. 남자에겐 이런 말이 나올 법하다. "저 남자 검소하네. 일에만 신경을 쓰나 보다." 왠지 그는 모범사원처럼 보인다.

그럼 여자에겐 어떤 뒷말이 나올까? "저 여자, 좀 이상한 거 아냐? 지가 뭐라고. 좀 삐딱하고 까칠한 거 같아."

2017년의 가장 아름다운 사진이 된 이정미 전 헌법재판소 소장 권한대행의 분홍빛 헤어롤을 끼운 머리. 온 시선이 집중된 박근혜 전 대통령의 탄핵 판결 날이었다. 박 전 대통령의 공들인 올림머리와 대비되고, 일에 헌신하는 전문직 여성의 상징이 돼 대단한 화제를 불러일으켰다. 심지어 외신에까지 소개됐다.

그분의 '헤어롤'에 대한 언론의 엄청난 호들갑을 한 꺼풀 뒤집어 본 예리한 칼럼이 있었다.

"그녀에 대한 과도한 칭송에는 '여성은 일도 잘해야 하고 치장에도 소홀하면 안 된다'는 남성 위주의 고정관념이 숨어 있다. 여성은 외모를 꾸미느라 시간을 낭비하기 때문에 업무에 소홀하다는 평소의 생각이 반영된 게 아닌가라는 의심이 든다 (경희대 이택광 교수)."

이 에피소드는 아무리 성공했다 할지라도 여성은 치장에 자유롭지 못하다는 걸 역설적으로 보여 준 사례라는 생각이 들어 사실은 씁쓸했다. 만약 이날 남성 재판관이 바지 벨트를 안 매고 출근했다면? 사진거리가 되지도 않고 화제도 되지 않았을 것이다. 그건 그냥 칠칠맞지 못한 남자의 실수일 뿐이다.

마크 저커버그 페이스북 최고경영자가 두 달간의 육아휴직을 마치고 회사에 돌아오면서 '오늘은 복직 첫날, 뭘 입지?'라는 제목으로 똑같은 회색 티셔츠가 가득한 옷장 사진을 찍어 올렸다고 한다. 이틀 만에 120만 개의 '좋아요'가 답지하고 7만 1,200개의 댓글이 달렸다. 대부분 공감한다는 것이다.

그는 한 인터뷰에서 왜 회색 티셔츠만 입느냐는 질문에 이렇게 대답했다.

"나는 최대한 단순하게 살려고 노력한다. 가능한 한 다른 모든 의사 결정을 최소화하고 일에 집중하고 싶기 때문이다. 무엇을 입을지, 아침에 무엇을 먹을지 등과 같은 사소한 의사 결정마저 피로를 쌓이게 하고, 에너지를 소모시킨다."

변함없는 검정 터틀넥 티셔츠에 리바이스 청바지, 뉴발란스 스니커즈 차림의 애플 창업자 고 스티브 잡스도 그런 부류였다.

반복적 의사 결정으로 힘들어하는 걸 '결정피로'라고 한다. 가장 높은 지위에 올라간 이 남자들에게 패션은 단지 결정피로의 지수를 높이는 '사소한' 개인적 항목이었을 뿐이다.

이쯤에서 난 질문하고 싶다. 저커버그나 잡스가 만약에 여자였다면 어땠을까? 옷차림에 신경 안 쓰고 늘 같은 옷을 입는 게 자기 일에 충실한 남자의 미덕이라면, 왜 여자에겐 그 잣대가 통하지 않는 걸까? 패션이 '하찮은' 거라면 남녀 모두에게 똑같이 적용돼야 마땅하지 않을까?

그 이중적 의식을 시원하게 깨 버린 여자가 있었다. 세계적 광고대행사 사치앤사치의 아트 디렉터 마틸다 칼은 어느 날 아침 일찍 열리는 회의에 뭘 입고 갈까를 고민하다가 지각을 했다. 그리고 결심했다. 매일 똑같은 옷을 입고 출근하겠다고. 그는 그날로 똑같은 흰색 셔츠와 검정 바지 15벌을 사고 결심을 실행에 옮겼다. 일종의 셀프 유니폼이다. 옷을 고르고 입는 데 40초면 충분했다.

그는 처음에 반항하는 거냐는 둥 이상한 여자 취급을 받았다. 그 후 회사는 그의 옷과 삶에 대한 철학을 이해하고 공유한다는 의미로 1년에 한 번 전 직원이 그처럼 입고 출근하는 날을 정했다. 그게 '마틸다처럼 입는 날'의 전통이다. 그는 한 인터뷰에서 "내가 매일 같은 옷을 입기로 한 결정을 승인받는 데는 결국 남성의 권위가 필요했다"고 말했다.

오늘도 일하는 여성은 출근 시간에 옷장 앞에서, 화장대 앞에서 고민한다. 내일도 모레도 그럴 것이다. 결정피로는 쌓이고 쌓인다.

줄 때가
더 행복한 법이다

가끔 선물을 주거나 받는 일이 있다. 선물이 아니더라도 호의나 도움이나 친절을 베풀거나 받는 일도 생긴다. 내가 그간 받은 것과 베푼 것이 무엇이 있지? 기억을 더듬어 봤다. 그런데 이상하다. 받은 건 별로 기억이 안 난다. 그런데 내가 누구에게 베푼 건 머릿속에 남아 있다.

갑자기 세상이 허무해졌다는 친구에게 책 한 권 보냈던 일, 그리 절친하지는 않았지만 투병 중인 지인을 병문안 갔던 일, 기자 시절에 취재했던 어떤 소녀 가장 계좌에 한동안 정기적으로 돈을 보냈던 일, 한겨울 지하철 출구에서 더덕을 까서 팔고 있는 할머니의 재고를 몽땅 다 사 드린 일(하지만 이게 과연 올바른 행동이었나를 두고 고민했다)……. 갈비짝 받은 건 잊혔는데 책 한 권 보낸 건 왜 기억에 남아 있을까?

미국 시카고대 심리학자 에드 오브라이언 교수 팀이 2018년 미 심리과학협회 저널 『심리과학』에 이런 연구 결과를 발표했다. 실험에 참여한 대학생들에게 5일간 매일 일정한 돈을 줬다. 그리고 한쪽은 자신을 위해 소비하게 하고, 다른 한쪽은 타인을 위해 쓰도록 했다. 그리고 매일의 행복도를 측정했다.

그 결과는? 자신을 위해 돈을 쓴 그룹은 행복감이 매일 조금씩 감소했다. 그러나 남을 위해 쓴 그룹은 처음과 같은 행복의 강도가 끝까지 유지됐다.

인간은 불행에 적응해 가듯이 행복에도 적응한다. 불행도 시간이 지나면서 받아들이게 되고 행복감도 반복될수록 줄어들어 별 게 아닌 것이 된다는 것이다. 심리학에서는 이것을 '쾌락적응(hedonic adaptation)'이라고 한다.

그 쾌락적응 이론으로 설명할 수 없는 예외가 딱 하나 있다. 바로 '주는 기쁨'이다. '받는 행복'보다 '주는 행복'이 더 크다는 것이다. '소유'와 '경험'의 차이로 풀이하기도 한다. 자신을 위해 쓰는 건 소유의 개념이지만, 남에게 베푸는 건 경험이다. 사람들은 경험에서 기쁨을 더 얻고 그 기억도 더 오래 남는다는 것이다.

'벤저민 프랭클린 효과'라는 심리학 용어를 아는지? 미국 건국의 아버지로 100달러 지폐에 초상이 그려진 프랭클린은 늘 자신을 험담하는 한 정적 때문에 힘들었다. 그러다 그 사람이 진귀한 책을 소장하고 있다는 얘기를 듣고는 그 책을 빌려줄 수 있냐는 정중한 편지를 보냈다. 그 사람은 책을 빌려주었고 프랭클린은 감사의 글과 함께 돌려주었다. 그런데 그 후 정적의 태도가 달라졌다. 친밀감을 표시하고 먼저 말까지 걸어왔다. 그 후 둘은 평생 친구가 되었다고 한다.

　도움을 베푼 사람이 오히려 요청한 사람에게 호감을 느끼게 된다는, 즉 적을 친구로 만드는 관계의 기술이다. 프랭클린은 자서전에 이 사례를 언급하면서 "적이 당신을 한번 돕게 되면, 계속 돕고 싶어지게 된다"고 말했다.

　도움을 줄 때 느끼는 감정은 무엇일까. 바로 자신의 '존중감'이라고 한다. 사람들은 아무에게나 부탁하지 않는다. 그래서 도와달라는 요청을 받으면 내가 쓸모 있는 인간이고 남한테 존중을 받고 있다고 생각하게 된다. 기꺼이 도움을 주고 나면 무언가 뿌듯하고 성숙해진 느낌이 든다. 자기 것보다 누군가를 위해 선물을 고를 때, 가슴도 더 두근거리는 법이다.

　가장 좋은 인생은 나 때문에 남이 행복해지는 것이라 했다. 영화 〈버킷리스트〉에 이런 대사가 있다. "천국에 들어가려면

두 가지 질문에 답해야 한다더군. 하나는 인생에서 기쁨을 찾았는지, 하나는 당신 인생이 남을 기쁘게 해 줬는지."

직장에서 상사에게 혼이 났을 때 "네, 앞으로 잘하겠습니다"라고 하면 50점이다. 조용히 찾아가 "제가 무슨 점이 부족하며 어떻게 하면 될까요"라고 진지하게 조언을 구해 그분께 도움의 기쁨을 선사해야 앞길이 탄탄한 것이다.

선물을 주고받았을 때의 뇌를 비교 촬영한 연구가 있었다. 받았을 때보다 주었을 때 특정 부위의 활동이 더 활성화됐다고 한다. 혜민 스님은 책 『멈추면, 비로소 보이는 것들』에서 40대가 되어 깨달은 세 가지를 말씀하셨다. 그중 하나다. "남을 위한다면서 하는 거의 모든 행위들은 사실 나를 위한 것이었습니다."

내 청춘의 아이돌,
알랭 들롱

그가 은퇴 선언을 했다. 2017년 5월이다.

외국의 어느 매체가 뽑은 잘생긴 세계 지도자 7명 안에 든 문재인 대통령은 후보 시절 한 인터뷰에서 외모에 대한 질문을 받고 "대학 시절 그를 닮았다는 이야기를 좀 들었다. 그 덕분에 아내와 소개팅을 할 수 있었다"고 말했다.

그의 얼굴을 TV에서 마지막으로 본 건 2007년 칸영화제 시상식에서다. 사회자로부터 "여자를 사랑한 남자"로 소개받은 그가 무대에 올라 동양의 가냘픈 여인에게 여우주연상 트로피를 안겼다. 그리고 뺨에, 손등에 입을 맞췄다. 〈밀양〉의 전도연은 그의 키스를 받은 여인이 됐다.

그의 나이 82세. 세월의 더께는 어쩔 수 없는 주름을 만들었지만, 나에겐 영원한 청춘이다. 지금의 청춘남녀에게는 아마도 낯선 이름일 것이다. 요즘 말로 슈퍼 핵존잘쯤 될까. 그는 미남의 보통명사였다. 초월적인 넘사벽이었다.

미남 배우의 자원이 별로 없을 때였다. 국내 배우로는 아마도 신성일이나 남궁원 정도였을 게다. 할리우드 배우로는 제임스 딘이나 로버트 레드포드, 그 위로 좀 올라가면 클라크 게이블, 그레고리 펙, 록 허드슨, 몽고메리 클리프트 정도가 지금의 중장년 여성들이 극장에서 숨죽이고 탄식하며 흠모한 배우들일 것이다.

프랑스 배우 알랭 들롱.

장황하지만 내 식으로 묘사해 본다. 회색빛 도는 깊고 촉촉한 푸른 눈에 서린 우수와 욕망, 가지런하면서 강렬한 눈썹, 감정에 따라 미묘하게 떨리는 짙게 드리운 긴 속눈썹, 존재를 자만하듯 높고 당당하게 솟은 콧날, 꽉 다문 얇고 비정한 입술, 깎은 듯 각이 선 서늘하고 여린 턱선. 삐딱하고 거친 영원한 청년의 우상인 제임스 딘과는 또 다른 차원에 서 있었다. 그는 얼굴 그 자체만으로 범접할 수 없는 포스를 뿜어냈다. 얼굴이 곧

연기였다.

세월이 흐르며 그는 〈주말의 명화〉에서나 만날 수 있었다. 그는 웃는 모습마저 우수가 깔려 있다. 아무리 흉악한 살인자를 연기하더라도 연민을 불러일으킨다. 선과 악의 경계에 걸친 눈빛, 무심하고 냉소적인 표정으로 그를 따를 배우는 없다. 푸른 담배 연기를 뿜으며 다정하게 유혹하는 듯하지만 진심이 없어 보이고 무방비 상태 같다. 우울, 음울, 허무, 무관심, 반항, 냉철, 폭력, 사악, 본능, 야망, 욕망, 퇴폐……. 이런 게 그에게 어울리는 단어다. 거기에 모호한 섹슈얼리티, 거역할 수 없는 육체적 관능이 뒤섞인 묘한 분위기. 멜랑콜리, 시크, 쿨 그 자체다.

그는 고독한 하드보일드형 킬러로 연기할 숙명이었다. 그는 온전히 사랑할 수도 무턱대고 미워할 수도 없는 캐릭터의 경계선에서 늘 서성거렸다. 그는 영화사상 가장 멋지게 죽는 배우였다. 프랑스 누와르의 거장 감독들은 그에게 영원한 빚을 졌다. 정우성은 알랭 들롱을 보면서 악역 캐릭터를 연기했다고 말한 적이 있다.

잊을 수 없는 표정이 있다. 장 가뱅과 출연한 〈암흑가의 두 사람〉(호세 지오바니 감독)의 라스트신. 두 손은 묶이고 흰 셔츠의 목 부분은 동그랗게 잘린 채 담배를 물고 거대한 기요틴(단두대)을 응시하다 문득 뒤를 돌아본다. 빨려들 것 같은 슬프고 두렵고 허망한 눈망울로 관객을 응시한다. 이어 검은 보자기가 얼굴에 씌워지고 숨을 돌릴 틈도 주지 않고 덜컹 하는 소리만 남는다. (이 영화 개봉 4년 후 프랑스에서는 기요틴이 사라졌고 그 4년 후 사형 제도도 폐지됐다.)

무명의 25세였던 그를 일약 스타덤에 올린 〈태양은 가득히〉 (르네 클레망 감독). 니노 로타의 그 유명한 주제곡을 어쩌다 듣게라도 되면 내 청춘이 신음한다. 이글거리는 태양, 나폴리의 푸른 지중해. 웃옷을 벗어젖힌 채 하얀 요트의 키를 잡고 바다를 응시하는 청년 톰 리플리. 신분 상승의 욕망을 향해 질주하던 젊음의 비극적 에필로그. 그 기막힌 반전. 이 영화는 거짓을 진짜로 믿는 심리 상태를 뜻하는 '리플리 신드롬'이란 용어를 탄생시켰다. 원제 〈Plein Soleil〉을 충실히 따른 제목은 얼마나 멋진가.

진정한 '원조의 시대'가 갔다. 그의 은퇴 소식에 내 안의 한 시대가 저물어 감을 느낀다. 내 청춘의 한 조각이 떨어져 가는 것만 같아서 가슴이 시리다. 내게도 '아이돌'이 있었다. 굿바이 알랭!

봄 술, 낮술

봄바람 살랑대니 어찌 술 이야기를 하지 않을 수 있겠습니까. 자고로 최상의 술은 '춘주春酒'라 불렀습니다. '춘' 자 돌림의 술 족보만 봐도 압니다.

고려 시대부터 전승된 전라도 여산(익산)의 호산춘壺山春, 신선이 즐기는 곡차라는 별명이 붙은 경상도 문경의 또 다른 호산춘湖山春, 서울 약현(중림동)의 약산춘藥山春, 충청도 노성의 이산춘尼山春, 평양의 벽향춘碧香春 등이 있지요.

전설적 춘주는 생애 한 번은 마셔 보고 가야 한다는 중국의 동정춘洞庭春일 겁니다. 중국의 주선酒仙으로 불린 소동파가

"시를 낚는 갈고리요, 시름을 쓸어버리는 비"라고 헌사를 바친 술입니다.

최고의 술에 봄을 붙이기 시작한 건 중국 당唐부터라고 합니다. 난만한 문화가 꽃핀 그 시대의 호사가 술 이름에서부터 풍깁니다. 향이 뛰어나고 담백한 맛이 빼어난 술만 봄 칭호를 얻을 자격이 있다고 합니다. 술과 봄은 말이 없어도 무언가 내통하는 느낌이 들지 않나요?

봄은 술을 부릅니다. 누군가는 춘정을 천기天氣라 하더군요. 작작한 꽃향기에 인간의 힘으로 어찌할 바 없는 춘정이 일어나 가슴은 벌렁대고 시는 입술에 맴도는데, 자연과 수작酬酌하든 정인과 상열相悅 하든 어찌 몸과 마음을 사리겠습니까.

매화는 이제 지고 있습니다만 곧 비처럼 쏟아질 벚꽃 아래, 이름부터 춘정을 꼬드기는 도화 향기 아래, 이름부터 술을 부르는 행화 그늘에 자리를 깔아야 합니다.

저는 갈 겁니다. 코로나 감옥을 나와 술 좀 마시는 지음知音 몇 놈과 충청도 어느 바닷가 촌구석에 있는 손바닥만 한 친구의 농장으로 탈옥할 겁니다. 살구나무가 있어 우리는 행화촌이라 부르지요. 옛날 주막에는 다 살구나무를 심었습니다.

청명에 보슬비 어지럽게 흩날리니 / 길 나선 나그네의 애
간장이 타누나 / 주막이 어드메뇨 물으니 / 목동은 멀리
살구꽃 핀 마을을 가리키네

_ 두목, 「청명」 중에서

그런데 말입니다. 봄 술은 낮술이어야 제격입니다. 몽롱하게
빨리 취할 수 있으니까요. 눈치 보일 수 있으니 평소 '낮술 환
영'이라고 보일 듯 말 듯 써 놓은 음식점 몇 개 정도는 알고 다
녀야 합니다. 시인들이 왜 낮술에 대한 시를 썼는지 알 것도 같
습니다.

인생에게 질 준비가 되어 있는 사람은 / 비 내리는 낮술
을 안다 // 살아도 살아도 삶이 내게 오지 않을 때 / 벗이
있어도 낯설게만 느껴질 때 / 나와 내가 마주 앉아 쓸쓸
한 / 눈물 한 잔 따르는 // 그 뜨거움

_김수열, 「낮술」

낮술로 붉어진 / 아, 새로 칠한 뼁끼처럼 빛나는 얼굴 / 밤
에는 깊은 꿈을 꾸고 / 낮에는 빨리 취하는 낮술을 마시
리라 / 그대, 취하지 않으면 흘러가지 못하는 시간이여

_정현종, 「낮술」 중에서

그대에게 오늘 낮술 한잔을 권하노니, 그대여 두려워 마

라. 낮술 한잔에 세상은 환해지고 우리의 허물어진 기억
들, 그 머언 옛날의 황홀한 사랑까지 다시 찾아오나니

_박상천, 「낮술 한잔을 권하다」 중에서

압권은 이것입니다.

이러면 / 안 되는데

_김상배, 「낮술」

벌건 봄날 대낮, 지금 술잔을 앞에 놓고 있습니다. 술은 물
로 빚은 불 같습니다. 술과 시름은 동무입니다. 시름을 잊으려
술을 마시지만, 술만 있고 시름이 없다면요? 그건 그냥 음주일
뿐이지요. 술기운 오르면 춘면에 잠시 빠졌다 느릿 깨어나 다
시 쓰겠습니다.

3장

．
．
．

불현듯,
새삼스럽게

"인생의 진정한 감독은 우연이다.
꼭 요란한 사건만이 인생의 방향을 바꾸는
결정적 순간이 되는 것은 아니다.
운명이 결정되는 드라마틱한 순간은
믿을 수 없을 만큼 사소할 수 있다."

_ 파스칼 메르시어, 『리스본행 야간열차』 중에서

굿바이
쌍문동

나도 '응팔앓이'였다. 거의 한 회도 거르지 않았다. 몇 번이나 눈물샘에 고비가 있었지만 잘 참았다. 결국 2016년 1월 마지막 회, 아버지 성동일이 하객이 떠난 텅 빈 예식장에서 결혼한 딸 보라가 남긴 손편지를 읽으며 속으로 오열하는 모습에 눈물샘이 터지고 말았다. 이 세상 어느 아버지가 그 장면을 무심히 지나칠 수 있으랴. 최고의 명장면, 명연기였다.

많은 이들이 〈응답하라 1988〉을 보면서 위안을 받았다고 한다. 우리네 삶이 팍팍하다는 반증이기도 할 것이다. 그 시절은 서울올림픽을 개최할 정도로 나라가 발전했지만 물질적으로 풍요롭진 않았다. 하지만 지금은 사라진 그 '무엇'이 있었다.

쌍문동 골목의 사람들이 그걸 상기시켜 준 것이다.

우리가 타임머신을 타고 가서 본 것은 이런 것들이다. 가족, 이웃, 친구, 아줌마, 아저씨, 인정, 나눔, 첫사랑, 성장통, 희생, 희망, 회한, 비애……. 지금은 아련한 것들이다. 카톡 문자가 아니라 체온 같은 것들이다. 〈응팔〉이 막을 내리자 이 드라마가 우리 사회에 미친 심리적 영향에 대한 전문가들의 분석이 줄을 잇고 나올 정도였다.

이 드라마의 가장 큰 감동과 재미는 반짝거리는 대사들(때론 독백, 지문)이다. 멋 내지 않은, 현실을 바탕으로 한, 유치한 듯 절절한, 그래서 오글거리지 않는, 진솔하고 직설적인 명대사들이 많이 나왔다. 말에 대한 것도 하나 있는데, 이우정 작가의 생각을 말한 것 같다.

> 말에는 가슴이 담긴다. 그리하여 말 한마디에도 체온이 있는 법이다. 이 냉랭한 세상이 그나마 살 만하도록 삶의 체온을 유지시켜 주는 건 잘난 명언도, 유식한 촌철살인도 아닌 바로 당신의 투박한 체온이 담긴 따뜻한 말한마디다.

〈응팔〉의 명대사 중 으뜸은 가족에 대한 헌사다. 그 정점에는 바로 어머니와 아버지가 있다. 덕선 엄마(이일화)는 골목 엄마 중 가장 튀지 않는 캐릭터이지만 자상하고 속정 깊고 강인하다.

신이 모든 곳에 있을 수 없어서 엄마를 만들었다고 한
다. 엄마의 나이가 되어서도 여전히 엄마는 나의 수호신
이며 여전히 엄마는 부르는 것만으로도 가슴 메이는 이
름이다. 가까스로 엄마를 위로할 나이가 되었을 땐 이미
고맙습니다, 사랑합니다, 라는 말을 입에 올리기엔 지나
치게 철이 들어 버린 뒤다. 지금 엄마를 기쁘게 하고 싶
다면 그저 "나 지금 엄마가 필요해요" 그 한마디면 충분
하다.

가끔은 엄마가 부끄러울 때가 있었다. 엄마에겐 왜 최소
한의 체면도 자존심도 없는지 화가 날 때가 있었다. 그건
자기 자신보다 더 지키고 싶은 소중한 것이 있기 때문이
라는 걸, 바로 나 때문이라는 걸 그땐 알지 못했다. 정작
사람이 강해지는 건 자존심을 부릴 때가 아닌, 자존심
마저 던져 버렸을 때다.

아버지 성동일. 그는 여리고 인정 많지만 무뚝뚝하고 소시민
적이고 촌스러운 만년 과장으로 은행에서 명예퇴직 당한, 우리
의 심금을 울린 가장이었다. 딸에 대한 그의 애정 표현은 서툴
기만 하다.

아빠가 미안하다. 잘 몰라서 그런다. 아빠도 태어날 때부터 아빠가 아니잖아. 아빠도 아빠가 처음이다. 우리 딸이 조금만 이해해 주라.

똑똑하지만 가족에게 까칠하기만 했던 서울대-사법시험의 자랑스러운 딸 성보라(류혜영)는 신혼여행을 떠나며 그런 아버지에게 이런 편지를 남기고 차 안에서 흐느낀다. 몰랐던 게 아니었다. 표현을 바로 못 했을 뿐이다.

아빠가 "보라야"라고 부르는 게 아빠를 봐 달라는 말인 것도 알았고, 괜시리 밥에 반찬 얹어 주는 게 사랑한다는 뜻인 것도 알았는데 나는 왜 모른 척만 했을까. 그게 제일 마음이 아프고 미안해. 아빠.

가족이란 도대체 무어란 말인가.

어쩜 가족이 제일 모른다. 하지만 아는 게 뭐 그리 중요할까. 결국 벽을 넘게 만드는 건 시시콜콜 아는 머리가 아니라 손에 손잡고 끝끝내 놓지 않을 가슴인데 말이다. 결국 가족이다. 영웅 아니라 영웅 할배라도 마지막 순간 돌아갈 제자리는 결국 가족이다. 대문 밖 세상에서의 상처도, 저마다의 삶에 패여 있는 흉터도, 심지어 가족이 안겨 준 설움조차도 보듬어 줄 마지막 내 편은 결국 가

족이다.

복고 드라마엔 막장이 없어 좋다. 누군가의 첫사랑은 맺어졌고 누군가는 뒤돌아 아파했다. 덕선(혜리)을 오랫동안 좋아해왔지만 친구 택(박보검) 또한 그를 사랑한다는 걸 알기에 혼자 갈등하고 주저하다 양보한 남자 정환(류준열)이 있었다.

> 사랑한다면 지금 말해야 한다. 숨 가쁘게 살아가는 이 순간들이 아쉬움으로 변하기 전에, 어쩜 시간이 남기는 가장 큰 선물은 사랑했던 기억일지도 모른다.

> 누군가를 사랑한다는 건 그냥 주고 싶은 넉넉함이 아니라 꼭 줄 수밖에 없는 절실함인 거야. 단지 그 사람의 체온을 좋아하는 게 아니라 그 사람의 체온을 닮아 간다는 얘기야. 사랑한다는 건 미워하지 않는다는 의미가 아니라 결코 미워할 수 없다는 뜻인 거야.

굿바이 쌍문동.

한국식
부고 유감

나는 신문 부고란을 늘 챙겨 보는 편이다. 안 보고 지나가면 마음에 걸린다. 혹시라도 아는 분이 돌아가셨거나, 지인이 상을 당했는데 경황 중에 연락하지 못해 결례하는 일이 생길까 봐서 하는 노파심에서다.

신문 부고를 유심히 살펴보면 한 가문이 눈에 보인다. 부고에는 의외로 많은 개인정보가 담겨 있다. 돌아가신 분이 아들 딸을 몇이나 두었는지, 자식 농사를 잘 지었는지, 어느 집안 어떤 자제와 혼사를 맺었는지, 배우자가 어떤 분인지에 이르기까지 망자를 중심으로 한 가족의 역사와 혼맥이 읽힌다.

가장 눈이 가는 건 고인과 유족의 직업이다. 평소 가까웠던 친구였어도 부모가 생전에 무슨 직업에 종사했는지, 형제자매와 사위·며느리들은 무슨 일을 하는 사람들인지 처음 알게 되는 경우가 많다. 때로 놀라기도 하고 "음, 역시나" 하기도 한다. 부고를 통해 우연히 친구 집안 사정을 다 알아 버리게 되는 것이다.

부고를 보면 또 어쩔 수 없이 자주 느끼는 게 있다. 이른바 한국 사회의 수저론, 계급론이다. 부모가 의사이거나 법조계나 학계에 있었다면, 자식 사위 며느리 중에도 의사나 판검사나 교수가 많다. 언젠가 전직 병원장의 부고를 본 적이 있는데 아들딸 네 명에 며느리 사위 손주까지 합해서 의사가 무려 열 명이나 됐다. 물론 가풍이란 게 있으니 부모의 직업이 대물림되는 경우가 많지만, 개천에 용 나는 경우는 점점 찾아보기가 어렵다. 한 집안에 특별한 유전자도 보인다. 특히 부모가 음악이나 미술을 하는 예술가 집안이 그렇다.

부고를 보며 마음이 아픈 건 망자의 이름이 없을 때다. '○○○ 씨 별세'가 아니고 '○○○ 씨 부친상' 같은 경우다. 보통의 부고 형식은 고인이든 유족이든 이름 옆에 괄호를 치고 전·현직을 병기하는데 고인이 생전에 내세울 만한 직업이나 직위가 없고 자식들은 나름 잘됐을 경우에 그렇다.

고인의 이름이 없는 부고가 가장 많은 경우는 모친상이다.

우리의 많은 어머니들은 평생을 '○○ 엄마'로 불리다가 갈 때도 이름 없이 간다. 직업이 없는 딸들도 대체로 부고에 등장하지 않고 직업 있는 남편의 빙모상으로 대체된다. 출가해서 전업주부로 사는 딸은 부고에 이름 넣을 만한 자격도 없는 것이다. 이게 바로 한국식 부고다. 오호통재다.

이런 관행의 부고가 존재하는 이유는 무얼까. 죽은 자보다 산 자가 더 중요한 우리 사회의 조문 문화 때문이라고 생각한다. 우리는 고인과 직접적인 관계가 없는 경우, 유족을 보고 장례식장에 간다. 정승집 개 이야기까지는 하지 않겠다. 조문객은 산 자를 위해 절을 하고, 봉투를 내밀고, 육개장을 먹어 주고, 소주잔을 기울인다.

유족의 지위나 나와의 관계, 친소 정도에 따라 조화의 단수와 봉투의 두께와 빈소에 머무르는 시간을 조절한다. 장례식장은 고인을 애도하는 공간이라기보다는 살아남은 자들의 인맥과 사교의 장이자 나의 사회적 위치와 존재를 확인하는 자리다. 한국의 신분 사회를 민낯으로 볼 수 있는 곳이야말로 바로 장례식장이다. 나는 슬피 우는 상주도 별로 보지 못했다. 상주들은 조문객을 맞느라, 높으신 분 신경 쓰느라 영정을 어루만질 시간이 없다.

김승희 시인이 이런 시를 썼다. 망자의 이름은 없고 자식과 사위의 이름과 훌륭한 직위만 괄호 속에 실린 부고를 그대로 옮겨 적고는 말미에 "그런데 누가 죽었다고?" 한 문장을 덧붙인 게 시의 전부다. 시의 제목은 「한국식 죽음」이다.

부고는 모든 신문 지상의 '사람들' 면에 게재된다. 무료다. 누구나 이용할 수가 있지만 현실은 그렇지만은 않다. 유족이 다니는 직장이나 단체가 구성원의 부고를 챙겨서 신문사에 보낼 만한 정도가 되거나 출입 기자가 있는 경우에는 어렵지 않다. 주로 공직자나 대기업, 대학, 전문 직종들이 그렇다. 신문사에 연고가 없는 일반 백성은 불쑥 신문사에 팩스나 이메일로 부고를 보내기가 주저된다. 결국 부고 게재 여부에도 보이지 않는 차별이 존재하는 셈이다.

미국 신문의 부고란(obituary)를 본 적이 있는데 우리와 완전히 다르다. 게재는 유료이고, 우리처럼 일정한 양식이 아니라 글이라는 점이 다르다. 거기엔 고인이 주인공이다. 고인의 삶을 추억하고 기리는 사람들이 쓰는 사모곡 사부곡 망부가요, 그들이 지어 주는 에피타프(묘비명)다. 유족이나 고인을 사랑했던 사람이 글로 써서 보통 사진(고인의 젊은 시절 사진이 많다)과 함께 게재한다. 유족의 이름은 나와도 직업을 표기하지는 않는다.

미국 신문, 특히 지역신문의 부고는 품위와 감동과 스토리와 위트가 넘쳐서 고인을 모르는 사람일지라도 읽는다. 2013년

제인 로터라는 작가는 자신의 부고를 유머러스하게 직접 써서 『시애틀타임스』에 넘기고 안락사를 택했다. 우리나라의 경우를 찾아보니 1974년 진학문이라는 언론인 겸 사업가가 스스로 쓴 부고 광고를 신문에 냈다. 내용은 이랬다. "그동안 많은 총애를 받았사옵고 또 적지 않은 폐를 끼쳤습니다. 감사합니다. 나는 오늘 먼저 갑니다. 여러분 부디 안녕히 계십시오." 그 옆에는 유족 명의로 "여러분의 염려 덕분에 장례를 잘 마쳤습니다"라는 광고가 실렸다.

죽음의 모습은 다 같으나 부고에는 '급'이 있다. 한 시대를 풍미한 인물의 죽음은 별도 기사로 다루어진다. 생전에 장관이나 국회의원이나 총장 같은 벼슬을 지냈거나 학문적, 사회적, 문화·예술적으로 큰 족적을 남긴 사람들이다. 1면에 실리는 경우는 거의 없는데 그건 가장 큰 예우를 받는 거다. 죽음의 급도 서거-타계-영면-별세-작고-사망 순으로 격의 차이가 있다.

종교 지도자의 죽음은 소천(개신교), 선종(천주교), 입적·열반(불교)으로 쓰지만 차별이라는 내부 의견도 있다. 큰 기업의 총수나 대학 이사장 같은 분이 돌아가시면 별도의 유료 부고 광고를 큼지막하게 모든 신문에 낸다. 그러나 장씨의 셋째 아들과 이씨의 넷째 아들(張三李四)은 신문의 공짜 부고란에도 제죽음을 알리고 가기 어렵다.

나는 우리의 부고 관행이 씁쓸하다. 부고의 주인공은 당연히 망자여야 한다. 유족이 고인을 그리워하며 쓴 마지막 러브레터를 게재해 주는 별도의 부고 면이 있으면 좋겠다. 유료라도 좋다. 지면에 제약이 있다면 온라인 공간도 있다. 지역신문이라면 반향이 더 좋을 거다. 이 세상 소풍 끝낸 필부필부匹夫匹婦의 가는 길도 외롭지 않을 것이며, 보내는 불효자의 마음도 조금은 위안이 되지 않을까.

No Fake News Here!

나도 봤다. 그 영상을 본 전 세계 1억 명 이상 중 한 명이다.
볼 때마다 유쾌하고 사랑스럽다. 아빠는 양복에 넥타이 매고
근엄하게 서재에 앉아 세계 최고의 방송과 라이브로 인터뷰하
고 있는데, 아무것도 모르는 어린 딸과 아들이 기어 들어와 다
망쳐 놓는 '공개적 방송사고'를…….

사람 일은 정말 모른다. 그는 자신이 졸지에 엉뚱한 '뉴스적'
인물이 될 거라고 눈곱만큼이라도 생각했을까. 방문을 잠가 놓
기만 했어도 그는 제자들만이 알아보는 평범한 교수로 남았을
것이다. 전 세계 언론으로부터 쏟아진 인터뷰 요청을 피하느라
휴대폰을 비행 모드로까지 전환해 놓지 않아도 됐을 거다.

부산대 정치외교학과 로버트 켈리 교수의 2017년 3월 10일 BBC 인터뷰 방송사고 이야기다. 좀 의아하게 생각하는 사람들도 적지 않은 것 같다. 아주 사소한 실수가 빚은 에피소드에 불과한 그 동영상이 그토록 지구촌에서 화제가 될 만큼 뉴스 밸류가 있냐고 반문할 만도 하다.

BBC 웹 사이트에 들어가 봤다. '문제의' 동영상은 며칠 만에 BBC 페이스북에서만 약 1억 번 이상 조회됐다. 속보도 떠 있다. 이번에는 두 아이를 안은 켈리 부부의 정식 인터뷰 영상이 「특종-방해받은 인터뷰, 파트2」란 제목으로 큰 자리를 차지하고 있다.

사실 에피소드가 맞다. 박근혜 대통령의 탄핵과 관련한 한국 국내외 정세에 대한 전문가 인터뷰에서 문제의 장면은 삽화에 불과하다. 그런데 왜 진지한 인터뷰 내용은 정작 관심을 끌지 못하고 에피소드만 회자됐을까. 주도면밀하지 못해 일어난 실수에 불과한 이 40초짜리 동영상이 도대체 뭐라고.

명쾌하게 답을 내린 이가 있다. 미국 배우 톰 행크스다. 그가 자신의 트위터에 그 영상을 링크하며 남긴 한 줄은 이거다. "No fake news here!(여기에 거짓 뉴스는 없다!)"

정치가 어떠네 안보가 어떠네 하는 심각한 어른들의 세계는 생일파티를 마치고 기분이 좋아져서 덩실덩실 어깨춤을 추며 졸지에 침입한 네 살짜리 매리온과, 이어 보행기를 밀며 누나를 졸래졸래 따라 들어온 9개월 된 제임스에게 순식간에 제압당하고 희화화되었다.

당황한 아빠의 난감한 표정, 거의 빛과 같은 속도로 황급하게 아이들을 낚아채듯 끌고 나가는 엄마의 행동. 웃음을 자아내면서도 이상하게 눈물겹다. 켈리 교수님도 바닥을 기다시피 하면서 아이들을 챙겨야 하는 아내의 내조에 의존하는 남편이었다. 영화에서 주연 이상으로 주목을 받는 조연을 신 스틸러 scene stealer(장면을 훔치는 사람)라고 부르는데, 사랑스러운 난입자 매리온의 천진난만함에 누가 가정교육 운운하겠는가.

일과 육아 사이에서 벌어진 이 난감한 상황에 대해 미국인이든 영국인이든 한국인이든 공감하지 않을 사람이 있을까. 이 공개적 방송사고가 사람들의 마음을 움직인 건 아무런 조작이 개입되지 않은, 날 것 그대로의, 보통의 가정이 사는 모습이었기 때문이다. 그냥 우연히도 리얼리티 프로그램처럼 방송됐을 뿐이다. 톰 행크스는 그게 이 동영상의 진정한 가치임을 한마디로 말한 것이다. 『워싱턴포스트』는 "켈리 교수, 당신은 2017년을 사는 우리 모두의 모습이다"라고 매우 '적절하게' 논평했다. 우리의 삶만은 페이크가 아닌 것이다.

BBC가 이 영상을 편집했거나 인터넷에 올리지 않았다면 켈리 교수 가족에겐 아무런 일이 일어나지 않았을 것이다. 그는 생방송을 마치고 즉각 BBC 측에 방송사고를 빚은 데 대해 사과했는데 BBC는 오히려 문제의 영상을 올려도 되겠냐고 설득했다고 한다. BBC는 뭐가 뉴스가 되는지를 동물적 감각으로 알아차린 것이다.

켈리 교수 가족은 국내외 미디어로부터 인터뷰 요청이 쏟아지자 BBC 방송 5일 후에 부산대에서 공식 기자회견을 했다. 나는 켈리 교수의 모두 발언이 정말 마음에 들었다.

저희 가족은 이 영상을 사랑해 주신 분들께 감사를 전하고 싶습니다. 우리는 평범한 가족일 뿐이고, 두 아이를 키우는 것은 엄청난 노동이 될 수 있습니다. 그게 아마 전 세계 부모들이 이 영상을 보고 공감한 이유일 듯합니다. 아이들을 좋게 봐주셔서 감사합니다. 우리는 우리 아이들을 정말 사랑하고, 우리의 방송사고가 사람들에게 웃음을 주게 되어 기쁩니다. 방송사고 직후 아내와 싸우지도 않았고, 아이들을 혼내지도 않았습니다. 이 영상에 대한 정치적이거나 진지한 분석에 대해서는 아무 답변도 하지 않겠습니다. 우리는 이를 굉장히 공개적인 방송사고로 볼 뿐입니다.

페이크 뉴스의 범람으로 사건의 진실과 언론의 신뢰가 의심을 받는 세상이 됐다. 가짜 뉴스에 대한 우려가 지구촌의 중대한 관심사가 되었다. 페이크 뉴스는 이른바 '포스트 트루스 post-truth(탈진실)'의 사생아다. 2016년 영국 『옥스퍼드 사전』이 뽑은 '올해의 단어'다. 객관적 사실보다 개인적 감정과 신념으로 사안을 판단하고 그게 여론을 형성한다는 것이다.

우리 모두 하루에도 몇 번씩 가짜 뉴스에 혹하고 속는다. 때론 뭐가 진짜인지 가짜인지도 잘 모르겠다. 이게 로버트 켈리 교수네 집에서 벌어진 '굉장히 공개적인 방송사고'에 우리가 열광한 진짜 이유다.

프렌치 시크

프랑스 여배우들은 오랜 세월 나의 로망이었다. 나의 청춘 첫 뮤즈는 1943년생인 카트린 드뇌브였다. 데뷔작인 〈쉘부르의 우산〉에서 노란 레인코트에 색색의 파스텔톤 우산을 받쳐 든 금발의 여인. 청순이란 단어에 더 이상 설명이 필요 없는 주느비에브는 나에겐 영원한 '빗속의 여인'이다. 〈세브린느〉에서는 차갑고 무표정한, 우아하지만 도발적 기품으로 내 가슴을 서늘케 했다. 샤넬 No.5가 가장 어울리는 프랑스 배우라고 누군가가 말했다. 그는 '엘레강스' 그 자체다.

그다음으로 나를 홀린 여자는 가장 '프랑스적인' 배우로 통하는 줄리엣 비노쉬다. 그는 나이가 들어 가며 더 고혹적 매력을 풍긴다. 〈퐁네프의 연인들〉, 〈잉글리쉬 페이션트〉, 〈블루〉, 〈데미지〉, 〈초콜렛〉······. 어느 영화에서나 그는 그만의 분위기를 내뿜는다. 압도적 지성미를 갖추고, 개인적으로는 사회참여와 자유분방한 연애로 유명하다. 그는 '기품' 그 자체다.

30대 시절 한 인터뷰에서 비노쉬는 이렇게 말했다. "프랑스 여성은 40세가 되어야 비로소 최고의 아름다움을 드러내죠. 나는 그때까지 도저히 못 기다리겠어요."

비노쉬와 비슷한 느낌의 배우가 있다. 영국 태생이지만 프랑스에서 데뷔하고 프랑스 배우로 통하는 크리스틴 스콧 토마스다. 비노쉬가 무심한 듯 지적이라면 그는 도도하고 차갑고 깊게 때론 퇴폐적인 지적 분위기를 발산한다.

나의 프랑스 여배우 계보는 이어진다. 한 시대 우리의 책받침 요정이었던 소피 마르소, 제인 버킨과 세르쥬 갱스부르의 딸인 중성적 이미지의 나른한 샤를로트 갱스부르, 21세기의 뮤즈 마리옹 코티야르, 국민요정 오드리 토투, 무덤덤한 프랑스의 신성 레아 세두······. 이들 앞 세대에는 잔 모로, 브리지트 바르도, 시몬 시뇨레, 이자벨 아자니가 있다.

프랑스 여배우는 할리우드 여배우와 다른 느낌을 준다. 할리우드 스타들이 화려하고 분방하고 활달한 느낌이라면, 프랑스 여배우들은 자연스러우면서도 우아하고 품격 있고 신비하고 사랑스럽고 서늘한 분위기다. 할리우드 배우들이 섹시하다면 프랑스 배우들은 관능적이다. 전자에게 마릴린 먼로의 이미지가 겹친다면, 후자에겐 카트린 드뇌브의 얼굴이 오버랩된다.

프랑스 여인은 왜 멋질까, 아니면 왜 멋져 보일까. 바로 그 이야기다.

프렌치 시크french chic라는 말이 있다. 나는 이게 바로 프랑스 여배우와 프랑스 여인이 멋있는, 멋있게 보이는 가장 중요한 요인이라고 생각한다. 프렌치 시크는 패션에서 주로 쓰이지만, 그보다는 라이프 스타일에 맞는 말이다. 차림새가 아니라 풍기는 것이다. 외면이 아니라 내면이다. 멋지고 세련돼 보이는데 그 멋이 꾸미지 않은 자연스러움에서 우러나올 때 프렌치 시크라고 한다. 멋을 내려고 애쓰지 않아도 멋있고, 무심한 듯 멋있는 것이다. 스스로 도발하는 게 아니라 끌어당기는 것이다.

프렌치 시크의 이미지는 대체로 절제와 단순, 부드러운 조화, 차분함 속의 고상함, 성숙한 지성미, 도회적 세련미와 멜랑콜리다. 색깔로 말하자면 튀지 않는 저채도 저명도, 무채색 계열이나 중간 색조인 파스텔 톤이다.

프렌치 시크한 프랑스 여인들은 우아하게 늙는다. 젊은 파리

지엔느(파리 여성)가 사랑스럽다면 중년의 프랑세즈(프랑스 여자)는 왠지 여유 있고 우아하다. 프랑스 특파원으로 일할 때 동네 카페에서 혼자 에스프레소를 시켜 놓고 조용히 책을 읽거나 뜨개질을 하는 중년 여성이나 할머니를 많이 봤다. 그들은 눈이 마주치면 늘 상냥하게 미소를 띠며 인사한다. 우아함은 그 표정과 언행, 실루엣에서 느껴진다.

루이비통 계열사 CEO 출신인 미레유 길리아노가 쓴 책 중에 『프랑스 여자는 늙지 않는다』라는 제목이 있다. 작가는 프랑스 여성이 우아하게 나이 드는 비결은 바로 '애티튜드 attitude'에 있다고 말했다. 삶에 대한 태도이다. 유행을 좇지 않고, 내면의 스타일을 꾸준히 가꿔 가는 것이다. 그들은 남자의 시선을 의식해서 미니스커트를 입지는 않는다. 그들이 진정 두려워하는 건 노화가 아니라 매력을 잃는 것이다. 그래서 치열한 '안티 에이징'보다는 조용한 '웰 에이징'에 가치를 둔다.

프랑스 여자는 늙지 않는다. 다만 클래식해질 뿐이다.

'프렌치'가 들어간 만국 공통어

대표적인 게 프렌치 시크 외에 '프렌치프라이' '프렌치 키스'
가 있다.

프렌치프라이는 미국의 제3대 대통령 토머스 제퍼슨이 프랑
스에서 기름에 튀긴 감자를 처음 접하고는 그 맛에 반한 연
유로 붙여진 이름이라고 한다. 프랑스어로는 그냥 '기름에
튀긴'이란 뜻의 '프리트frite'라고 부른다. 프렌치프라이가 전
세계 간식이 된 건 이것을 햄버거와 같이 팔아 온 미국의 맥
도날드와 버거킹 덕분이니 아이러니다.

프렌치 키스는 '설왕설래舌往舌來'다. 혀를 나누는 딥 키스
다. 미국과 영국 사람들이 프랑스인들이 열정적으로 키스하

는 모습을 보고 한편으로는 부러워하고 한편으론 비하하는 의미로 그리 부르기 시작했다고 한다. 1차 세계대전 후 프랑스에서 귀향한 미국 군인들이 퍼뜨렸다는 설이 있다. 불어로는 키스를 '베제baiser'라고 하는데 영어와 달리 섹스까지 의미한다. 키스하면 자연스레 침대로 가는 것일까. 프랑스의 낭만파 시인 알프레드 드 뮈세는 이렇게 찬미했다. "세상에서 유일하고 진정한 언어는 키스뿐이다."

오늘도
딸의 보초를 서다

나는 위로는 딸, 아래로는 아들을 키웠다. 둘 다 성인이 됐다. 아들딸 다 가진 부모는 기준과 걱정이 뭐가 다른지 잘 알 것이다. 귀가 시간에 대한 '성차별적' 적용이다. 아들은 자정 넘어 문자 한 통 없어도 별걱정 안 한다. 딸은 다르다. 자정이 가까워지면 나도 아내도 안절부절못하기 시작한다. 문자에 한동안 답이 없으면 별의별 걱정이 피어오른다. 문자를 봤는데도 답이 없으면 큰일이다. 바로 전화 걸어야 한다.

연락되어도 끝나는 게 아니다. "어디야? 언제 와? 지하철 탔어? 택시 탔어?"부터 묻는다. 택시 타고 오는 중이라는 문자가 와도 슬슬 또 걱정이 밀려온다. 노심초사하는 건 나보다 아내

쪽이다. 차량 번호를 문자로 보내라고 한다. 부부는 문 여는 소리와 함께 "아빠, 나 왔어" 하는 소리가 들릴 때까지 잠자리에 들지 못한다.

나도 '딸바보'임을 고백한다. 다 컸는데도 뭐 그리 애틋하고 안쓰러운 게 많은지 모르겠다. 자꾸 딸 방을 기웃거리게 된다. 좋은 거, 예쁜 거, 맛있는 거 있으면 뭐든 챙겨 주고 싶다. 아무리 몸이 녹초여도 내 공주님의 전속 기사 노릇을 할 때는 행복하다. 하루의 노고도 딸아이의 애교와 팔짱 한 번이면 금세 풀려 버린다. 그 사랑스러운 새끼의 어여쁜 느낌은 아들만 있는 아빠는 모른다.

'딸 효과(daughter effect)'라는 용어가 있다. 미국 학자가 딸 양육이 아빠의 행동 변화에 어떤 영향을 주는가를 연구했다. 딸을 가진 남성 국회의원이나 판사들의 입법 활동이나 성 평등적 판결이 유의미하게 높다는 결과가 나왔다. 딸을 둔 남성이 CEO인 기업이 사회적 책임(CSR), 평등한 조직 문화, 여성 채용 비율 면에서도 높은 점수가 나왔다. 유리천장을 깨고 성공한 여성들도 대체로 어린 시절에 아버지와 정서적으로 친밀한 관계 속에서 자란 것으로 조사됐다.

2016년 5월 강남역 10번 출구 인근 건물의 공용 화장실 살인 사건을 두고 우리 사회가 무척 떠들썩했다. 여성혐오 범죄냐, 정신질환자의 묻지마 범죄냐 하는 논쟁으로 막상 이 사건의 본질은 가려졌다.

전국 지하철역 앞에서 "나는 운이 좋았다" "나는 우연히 살아남았다"며 시위를 하는 이 땅 여성들의 거대한 분노 앞에서, 범행 동기가 확실치도 않은 사건의 성격 논쟁이 무슨 의미가 있을까. 어떻게든 성 대결 구도로 몰아가려는 세력들과 일부 선정적 언론에 빌미를 줄 뿐이다. 한 사건을 계기로 여성들이 연대해 전국의 크고 작은 도시에서 자발적으로 거리로 뛰쳐나온 건, 아마도 한국 여성운동사에서 처음인 '역사적' 사건이다.

이 사건에 대한 많은 발언 중에 정곡을 찔렀다고 내가 생각한 두 사람의 말이 있다. "사회적 약자인 그가 단 한 가지만은 강자였다. 그는 남자였던 것이다(문강형준, 문화평론가)", "잠재적 가해자로 오인 받는 불편함보다 잠재적 피해자로 살아가는 두려움이 더 구체적이고 중대하다(김홍미리, 여성학자)".

어떤 이가 비유하길 가습기 살균제가 안방의 세월호라면, 강남역 10번 출구는 여성의 세월호라 했다. 역 출입구마다 즐비한 포스트잇은 세월호의 노란 리본이다. 강남역 앞에 붙은, 공교롭게도 그 숫자가 1,004개였던 포스트잇 내용을 『경향신문』이 일일이 채록해 보도한 것을 읽어 봤다. 그건 한국의 젊은 여성들이 우리 사회에 보내는 집단 고발장이자, 엄중한 공소장이자, 비폭력 시위였다.

난 군대에서 제대하면서 더 이상 보초 설 일은 없으리라 생각했다. 그런데 한국에서 딸을 둔 아빠는 계속 보초를 서야 한다. 공원의 한적한 공중화장실 앞에서, 음식점 건물의 후미진 계단 화장실 앞에서, 집 앞 골목길 가로등 아래에서 보초를 서보지 않은 아빠나 남편이 있을까.

그 계면쩍은 느낌. 같은 남자로서 상대를 잠재적 가해자로 보는 듯해 미안한 마음이 들지만 신경은 예민해진다. 하지만 나는 교양 시민이기 이전에 한 여자아이의 아빠이자 한 여자의 남편이다. 그런 어색함과 불편함을 기꺼이 감수할 용의가 있다.

그런데 정작 하고 싶은 말은 지금부터다. 나의 딸바보 행태에 회초리를 던진 한 여성학자의 글을 읽었다. 나는 말로만 딸바보였구나, 이기적인 반쪽짜리 딸바보에 불과했구나. 깊이 생각하게 됐다. 노심초사 1년 365일 딸 걱정만 하고 보초를 서는 게 진정한 딸바보가 아니라는 걸.

진정한 딸바보의 자격이 되려면 내 딸이 살아가기에 세상은 왜 이렇게 험난하고 무서운지를 진지하게 고민하고 성찰하고 행동해야 한다. 딸아이에게 늘 조심하라고 말할 게 아니라, 아들에게 여성에 대한 공격자가 되지 말

라고 가르쳐야 한다. 늑대로부터 딸을 지켜 줄 남자를 찾는 게 중요한 게 아니라, 딸을 해치지 않고 차별하지 않는 세상을 만드는 게 근본적 해결책이라는 걸 깨달아야 한다.

어린 왕자 별자리에
바침

그를 다시 생각한 건 순전히 우연이었다. 뉴스를 둘러보다 눈에 걸린 1단짜리 해외 단신 때문이다. 보도한 국내 매체는 거의 없었다. 남북문제, 여야 정쟁, 끔찍한 살인 사건, 이런 이슈만으로도 요즘 신문 지면이 부족할 테니 데스크 눈에는 한가한 아이템이었을 거다. 그런데 내겐 이날의 뉴스 중 가장 아름답고 신선했다.

미국 항공우주국(NASA)이 2018년 10월 18일 새로운 별자리 21개를 발표했다. 페르미 위성 발사 10주년을 기념해 위성이 관측한 별들에 형상을 상상해 이름을 붙였다. 새 별자리에는 어린 왕자, 헐크, 고질라, 묠니르(토르의

망치), 에펠탑, 콜로세움, 금문교, 오벨리스크 등 소설과 영화 속 이름이나 친근한 건축물 이름이 헌정됐다.

별자리 명명권은 나사가 아닌 국제천문연맹(IAU)이 갖고 있다. IAU가 공식 인정한 별자리는 요즘 같은 가을에 우리 눈에 잘 보이는 오리온성좌 등 88개. 나사가 이번에 작명한 별자리는 비공식으로 일종의 이벤트 형식이다. 어쨌든 황소, 사자, 전갈 같은 동물 이름에만 익숙한 우리에게 새 별자리 이름들은 현대적이고 발랄하고 귀엽기까지 하다.

그중 누가 뭐래도 가장 기가 막히게 어울리는 건 바로 '어린 왕자' 별자리다. 얼마나 근사한가. 어린 왕자의 고향이 별이니까. 어린 왕자는 줄로 엮은 철새들에 매달려 여섯 개 별을 지나 지구별에 왔다. 어린 왕자 별자리의 별 숫자도 여섯 개로 정해졌다. 프랑스 언론 보도가 궁금해 찾아봤다. 잡지 『락튀알리테』의 첫 문장이 멋졌다. "눈을 들어라, 이제 당신의 영웅이 그대를 내려다보고 있다."

앙투안 드 생텍쥐페리(1900~1944). 1944년 7월 31일, 지중해의 여름 하늘은 구름 한 점 없이 맑고 짙푸르렀다. 자유프랑스군 조종사 생텍쥐페리는 독일군 정찰 임무를 수행하기 위해 애기 p38 라이트닝 정찰기를 몰고 코르시카섬에서 이륙했다. 그리고 돌아오지 않았다.

2008년에 한 독일군 참전 조종사가 그를 격추했다는 증언을 했다. 많은 이들은 그가 그냥 신화 속에 머물러 있기를 바랐다. 어린 왕자가 지구별에 머물렀다가 뱀에 물림을 자청해 자신의 별로 돌아간 것처럼. 그에게 비행과 하늘은 운명이었고 작품의 뿌리였다. 프랑스는 그를 사랑했다. 그의 초상은 유로화 통합 이전 프랑스 50프랑 지폐에 자신이 그린 어린 왕자와 보아뱀을 삼킨 코끼리, 비행기와 함께 있었다.

조국이 나치에 점령되자 미국으로 떠난 생텍쥐페리는 1942년 봄 뉴욕의 한 식당에서 출판업자와 점심을 먹다 흰 냅킨에 낙서 삼아 어린 왕자를 그렸다. 출판업자는 그림이 마음에 든다며 동화 같은 책을 내자고 했다. 『어린 왕자』는 그렇게 우연히 탄생했다. 책 속의 그림은 미술에 소질이 있던 생텍쥐페리가 다 그린 것이다. 프랑스에서는 그가 죽은 후 출간됐다. 『어린 왕자』는 250여 개국 언어로 번역돼 1억 권 이상 팔렸다. 성서 다음의 베스트셀러라고 한다. 『야간비행』이나 『인간의 대지』 같은 자신의 대작에 비교하면 소품 격인 『어린 왕자』가 후대에서 가장 사랑받는 작품이 될 것이라고 그는 상상이나 해 봤을까.

한 번도 안 읽은 사람은 있을지언정 한 번만 읽은 사람은 없다고 했다. 나도 그랬다. 혼돈과 미망에 빠져 있을 때 아무 페이지나 펼쳐도 거기에 해답이 있었다. 한때 내 이메일 아이디는 모두 'b612'였다. 그 의미를 바로 알아챈 사람은 마치 고향 사람처럼 반가웠다. 화산구 세 개와 새침데기 장미, 커다란 바오바브나무만 있는 소행성 b612에 살면서 하루에 44번까지나 노을을 바라보던 우리의 어린 왕자.

『어린 왕자』는 지구상에서 가장 슬프고 아름다운 시다. 동화가 아니다. 국내의 100여 권 번역본 중 2018년 8월 타계한 불문학자 황현산 선생이 2015년에 번역한 게 백미로 꼽히는데 선생은 "어린 왕자는 철학책"이라고 했다. 삶과 죽음, 관계와 사랑, 절대적인 것, 변하는 것, 집착과 초월, 현명함과 어리석음, 세상의 비밀에 대해 슬프지만 아름답게 말했다. 이 시의 이상적인 독자는 '한때 어린이였으나 이제는 어린이가 아닌 어른'이다.

별은 모두의 마음속에도 있다. 여름방학 때 외할머니 댁(별을 생각하면 왜 친할머니보다 외할머니 댁이 떠오를까)에 놀러 가 밤하늘에 쏟아지는 별을 보고 벅찬 감동과 아득한 황홀을 느꼈다. 그리고 내 별 네 별 하며 소곤댔다. 하늘에는 물병자리든 황소자리든 내 별자리가 있다. 아득히 먼, 저 별은 그렇게 나와 닿아 있다. 나는 어느 별자리에서 왔을까, 죽으면 그리로 돌아갈까, 나도 별일까.

별이 여행의 나침반이 되고 꿈을 꾸어 주던 시대는 종말을 고했다. 도시 하늘에 반짝이는 건 별이 아니다. 인공의 빛에 눈이 차단된 우리는 별을 보지 못한다. 그래서 사막에 숨어 있는 우물을 보지 못하고, 네가 4시에 온다 해도 3시부터 행복해지지 않는다.

나사가 새로 명명한 별자리들은 맨눈으로는 보이지 않는다고 한다. 그러나 그건 여우의 말처럼 중요하지 않다. "비밀을 가르쳐 줄게. 아주 간단한 거야. 마음으로 봐야만 잘 볼 수 있는 거야. 정말 중요한 건 눈에 보이지 않거든."

오늘 밤 하늘을 봐야겠다. 나의 어린 왕자가 웃고 있을까.

해 달 별 눈 비 봄
길 꽃 싹 꿈 밥 똥

"어떤 색을 제일 좋아하세요?" "가장 좋아하는 음식은 뭔가요?" "노래방 18번이 뭐예요?" 이런저런 자리에서 누구나 가끔 받는 질문이다. 대답도 늘 준비돼 있다. 그런데 이런 질문을 해보면 어떨까? "가장 좋아하는 단어가 뭐예요?" 좀 웃기고 엉뚱할까? 생각해 보니 그런 질문을 해 본 적도 받아 본 적도 없다. 좋아하는 상대가 좋아하는 것들에 대한 궁금증에 왜 '단어'는 없을까.

2019년 한글날을 즈음해 한 일간신문에서 이런 기사를 읽었다. 세계 60개국 세종학당에서 한국말을 배우는 외국인 1,200여 명에게 가장 좋아하는 한국어를 물은 결과다. 1등은 뭐였을까. 짐작한 대로 '사랑'이었다. 2등은 '안녕' 그다음은 '아름답다'였다. '엄마' '누나' '오빠' 같은 호칭도 상위에 꼽혔다.

그런데 눈길이 가는 단어들이 있었다. '꿈' '봄' '꽃' '달' '별' '눈' '들' 같은 한 글자로 된 순우리말들이 많이 꼽힌 것이다.

잊고 있었다. 별로 생각해 본 적이 없었다. 나는 처음으로 한 글자 우리말을 가만히 들여다보게 됐다. 그러고 보니 우리네 인생에서 소중한 것, 평생 데리고 살아야 하는 것, 이 세상을 이루는 아름답고 위대한 것, 매일 마주치는 것들은 우연인지 필연인지 모두 한 글자로 이뤄진 것들이 많다. 우리 신체의 한 부분이나 대자연, 우주, 먹거리 등에 유독 그런 한 글자가 많다. 그래, 그 총체인 '삶'이란 단어 자체도 한 글자가 아닌가. 너무 늦은 깨달음이었다.

세상살이 이치가 한 글자 순우리말로 술술 풀어졌다. 이건 내가 만들어 본 거다. '땀' 흘리며 '일'해야 '돈'을 벌고, '밥'을 먹어야 '똥'을 싸고, '잠'을 자야 '꿈'을 꾸고, '봄'이 오면 '싹'이 트고, '비'가 내리면 '꽃'이 피고, '피'와 '뼈'와 '살'이 잘 있어야 '몸'이 아프지 않고, '뜻'을 품어야 '길'이 열리고, '땅'을 파야 '물'이 나오고, '벗'과 '짝'은 '곁'에 있어야 좋고, '말'과 '글'을 배워야 '힘'이 생긴다.

사람의 마음결을 읽는 『마음사전』으로 잘 알려진 김소연 시인은 2018년에 『한 글자 사전』이란 책을 썼다. 국어사전을 다 뒤져 사소한 듯한 310개의 한 글자 단어를 찾아내 곰곰 생각하며 의미를 붙였다. 그중에 하나. "그 안에 무엇이 들어 있는지 쪼개어 알아내는 것이 아니라 심고 물을 주어 키워가며 알아내는 것(정답은 아래)."

꼭 명사가 아닌 형용사 중에도 마음이 닿는 한 글자가 적지 않다. '첫'사랑은 단 한 번뿐이지만 '첫'눈은 해마다 온다. '새'것은 '헌'것보다 늘 좋을까.

우리는 한 글자 순우리말을 얼마나 많이 댈 수 있을까. 한번 놀이를 해 봐라. 즉석에서 열 개 이상 말하기도 사실 쉽지 않다. 소중하고 각별하고 아름답지만 무심히 지나치며 잊고 지내기 때문이다. 나는 지금 생각나는 한 글자 단어(명사)들을 여기 써 본다. 몇 개 빼고는 매일매일 마주치고 겪고 만지고 먹는 것들이었다.

해 달 별 눈 비 낮 밤 놀 봄 싹 씨(김소연 해답) 꽃 빛 볕 흙 땅 터 숲 길 들 돌 풀 잎 물 불 내 섬 샘 뜰 집 잠 꿈 삶 쌀 벼 겨 밥 똥 빵 일 땀 힘 말語, 馬, 斗 글 뜻 설 딸 옷 춤 멋 맛 붓 먹 실 옷 끈 칼 콩 밀 팥 무 감 봉 대 체 꿀 뿔 털 옻 숨 몸 눈 코 입 귀 손 발 목 젖 볼 배 등 낯 넋 뼈 피 살 키 품 틈 옆 곁 겉 안 결겹 꼴 틀 담 멱 개 소 떼 짝 벗 남 끝 돈 빚 둘 셋 넷 열······.

아, 가장 소중한 세 개를 빼먹었다. '나' '너' 그리고 '술'.

불현듯
떠나 보니

고등학교 동창 밴드에 은행을 따러 오라는 한 동창생의 글이 올라왔다. 사업을 하는 그는 충남 태안반도 끄트머리 바닷가에서 반은 취미 삼아 반은 소명으로 작은 농장을 경작한다. 같은 반에서 공부하지도 않았고, 졸업 후에 개인적으로 본 적도 없다. 가끔 그가 밴드에 올리는 나무 이야기 때문에 마음속으로만 흠모의 정을 감추고 있었다.

사실 동창임을 빌미로 혼자라도 불현듯 가 보고 싶었던 곳이다. 나는 한참을 망설였다. 가을 바다, 포구, 농장, 노동, 1박 2일, 그리고 미끼로 올린 술병 사진이 며칠을 맹렬하게 따라다녔다. 나는 사흘간 고민하다 과감하게 할 일을 내던지고 길을 떠났다.

그 미끼에 낚인 사람은 나 말고도 여섯 명이 있었다. 하지만 은행 털기 일손이 필요해서가 꼭은 아니라는 걸, 그리고 품앗 이 의리로 먼 길을 달려온 게 아니라는 걸, 서로 이심전심으로 헤아리고 있었으니 부른 자나 낚인 자나 애초 '불온'하긴 마찬 가지였다. 그냥 떠나고 싶었던 것이다.

태안반도 북단에 비쭉 솟아 나온 만대항 방면으로 가는 길 은 가을이 막 중턱을 넘고 있었다. 좁고 단정한 시골길은 텃세 를 부리지 않고 초행의 이방인을 무심히 맞이했다. 농장은 대 문도 없었다. 이름마저 소박한 '장수농장' 문패 아래 철 잊은 붉은 장미 몇 송이가 피었다.

도심의 은행나무는 키가 크고 열매도 많이 달리지 않지만, 나지막한 키에 품이 넉넉한 농장의 무공해 은행나무는 열매가 주렁주렁 매달려 가지가 휘었다. 떨어진 은행알 더미 사이로 노 란 사데풀과 자줏빛 산부추, 보라색 용담이 수줍게 고개를 내 밀었다. 은행을 털고 냄새나는 껍질을 벗기고 말리고 선별하는 작업은 노동에 서툰 도시 중년에게 쉬운 게 아니었다.

하지만 품앗이를 빙자한 1박 2일 여행이 준 보상은 눈과 귀 와 입으로 넘쳤다. 언덕길을 넘나들며 따라오는 바다, 알맞은 온도로 불어오는 해풍, 누렇게 익은 논, 편안하게 낮은 능선, 물들기 시작한 단풍, 울긋불긋 촌스러운 슬레이트 지붕을 인 농가들, 횟집 대여섯 개뿐인 소박한 어항, 아침밥을 먹다가 들이닥친 외지인에게 얼큰한 김칫국을 해장으로 끓여 준 식당의 노부부, 아직도 다방과 이발소 간판이 떡 버티고 있는 면 소재지의 풍경……

영적인 작은 경험을 잊을 수 없다. 만대항 소박한 횟집에서 가을 전어를 안주로 충청도 술인 린 소주를 마시다 바람을 쐬러 살짝 나왔다. 밤바다는 칠흑처럼 어두웠다. 멀리 점점이 어선의 불빛과 가을 하늘의 희미한 별빛만 반짝거리고 있었다. 제방에 걸터앉아 밤바다를 응시했다. 순간 문득 내 안에서 미동이 일어났다. 어떤 실타래 같은 게 뚝 끊어지며 내 몸을 빠져나와 바닷바람에 휙 하니 날아가는 것 같았다. 그게 이른바 유체 이탈이었을까.

지금도 내 안에서 이탈한 그 무엇이 무언지 알 수 없다. 굳이 그 정체가 뭐냐고 다그친다면 내 안에 똬리를 틀고 있던 부질없던 욕망이나 오래된 번민이나 비밀, 또는 숙명적 고독의 덩어리 비슷한 거라고 말할 수밖에 없겠다. 그놈이 빠져나가자 갑자기 몸이 가벼워졌다. 세상과 사람에 대한 어떤 너그러운 각성 같은 것이 그 자리를 차지한 듯한 느낌이 순간 들었다.

떠나오길 잘했다고 나는 여러 번 되뇌었다. 나는 해외여행보다 내 땅, 내 산, 내 하늘, 내 바다, 내 사람을 좋아하는 편이다. 해외여행은 돈도 돈이지만 보고, 사고, 먹는 일에 대한 집착과 구속이 휴식과 사색을 앗아 간다. 하지만 우리 산야는 나를 해방시킬 넉넉한 틈을 준다. 북적거리는 국제공항, 바퀴 달린 트렁크, 꽉 찬 일정표보다 고즈넉한 간이역, 배낭 한 개, 빈 수첩에 연필 한 자루가 나는 더 좋다. 낯선 도시의 신기한 견문록보다 우리 시골길에서의 반가운 조우와 우연한 깨달음이 더 좋다.

사람들은 왜 떠나려 할까. 시인 박노해는 떠날 때는 혼자 떠나되 돌아올 때는 낯선 길에서 기다려 온 또 다른 나를 만나서 손잡고 둘이 오라고 했다(박노해, 「여행은 혼자 떠나라」).

고은 선생은 "온갖 추억과 사전을 버리고 빈주먹조차 버리고 떠나라(고은, 「낯선 곳」)"고 했다. 추억은 알겠는데 사전을 버리라는 건 무얼까. 언어가 규정해 버린 삼라만상 의미의 속박에서조차 벗어나란 것일까.

내가 좋아하는 구절이다. "인생의 진정한 감독은 우연이다. 꼭 요란한 사건만이 인생의 방향을 바꾸는 결정적 순간이 되는 것은 아니다. 운명이 결정되는 드라마틱한 순간은 믿을 수 없을 만큼 사소할 수 있다. 그런 경험은 소리 없이 일어난다

(파스칼 메르시어, 『리스본행 야간열차』)." 그래, 떠남은 불현듯 감행해야 하는 것이었다.

결국 나의 천적은
나였던 것이다

신문사로 출퇴근하던 시절, 을지로3가역에서 늘 2호선과 3호선을 갈아탔다. 무심코 지나던 그 환승 통로 한구석에서 어느 날 나는 우연히 평생의 시 한 편을 만났다. 숨이 턱 멎는 듯한 그 강렬한 한 줄.

결국, 나의 천적은 나였던 것이다.

_조병화, 「천적」

그때도 연말이었다. 나는 그때 거취 문제로 고민의 날을 보내고 있었다. 결정을 해야 했다. 그리고 우연한 이 한 구절이 길을 가르쳐 주었다. 내 인생 가장 값진 세렌디피티serendipity

(행운의 발견)였던 것이다. "그래, 문제는 바로 내 안에 있었던 거다." 매일 그 시를 보면서 마음을 다지곤 했다.

얼마 전 을지로3가역에서 환승할 일이 생겨서 그 시가 있던 자리를 살펴봤다. 보이지 않았다. 나만의 은밀한 보물을 잃어버린 아쉬움이 밀려왔다. 하지만 그 한 줄은 이미 보석처럼 내 마음속에 박혀 있다. 은유와 환유의 언어가 빛나야 할 시에 생뚱맞은 '천적'이라는 생물학적 용어, 그 당돌하고도 도발적 제목이 바로 이 시가 주는 힘이었다.

천적天敵(natural enemy)은 압도적으로 특정하게 먹고 먹히는 상대를 말한다. 개구리와 뱀, 진딧물과 무당벌레 관계 같은 거다. 우리말로는 좀 무섭지만 '목숨앗이'라고 한다. 천적은 생물계에 꼭 있어야 하는 먹이사슬의 관계다. 모든 생물은 대체로 천적이 있고 상대 생물의 무제한 번식을 막는 역할을 해서 자연의 평형이 이뤄지고 개체 수의 적절한 균형이 유지된다.

생태계는 참 경이롭다. 천적 말고도 경쟁, 공생, 기생 관계도 있다. 악어와 악어새, 집게와 말미잘처럼 서로 도움을 주는 공생은 좋다. 고약한 것은 참나무에 붙어사는 겨우살이 같은 기생이다. 생태계도 인간 세상, 인간관계와 다를 바 없다.

천적이 없는 유일한 생물 종은 인간이다. 인간은 도구와 과

학기술의 힘으로 이미 오래전에 동물과 식물을 대다수 제압했다. 바이러스만은 아직 제압하지 못했지만.

그래서 나의 천적은 나라고 시인은 읊지 않았을까. 천적이 없는 인간의 유일한 천적은 바로 인간일 수밖에 없다. 나의 천적은 결국 오욕칠정이 복잡하게 얽혀 꿈틀거리는 내면에 사는 것이다. 내 안의 천적을 보는 건 내 안의 또 다른 나와 정면으로 직시하고 대결하는 것이다. 천적의 정체를 깨닫는 과정이 곧 성찰과 구도가 아닐까. 그 정체를 알아냈다면 그건 득도한 경지와 다름없을 것이다.

한 줄짜리 시 「천적」을 더 짧게 말하면 일체유심조一切唯心造가 아닐까. 모든 것은 오롯이 마음이 지어내는 것이다. 마음이 온갖 조화를 부려 욕망과 절망, 시비와 선악을 가져오는 것이다. 불시불 돈시돈佛視佛 豚視豚이라 했다. 부처님 눈엔 부처가 보이고, 돼지 눈엔 돼지가 보인다.

시 「천적」에는 '결국'이란 부사가 붙어 있다. 너무 늦은 깨달음에 대한 시인의 회한일까.

평양냉면이
뭐길래

그렇잖아도 그 입맛이 막 당기던 참이었다. 연이틀 친구들을 불러내 긴 줄을 인내한 끝에 먹고 말았다. 김정은 위원장이 판문점에 '어렵사리' 가져왔다는 옥류관 평양냉면을 보며 맹렬하게 타오르는 목젖의 본능을 어쩔 수가 없었다.

입천장에 들러붙는 메밀의 거친 향기, 입 안 가득 머금은 슴슴한 육수와 함께 목구멍을 탁 치며 넘어가는 면발의 오묘한 감촉, 요 며칠 그 맛에 행복했다. 신문사 특파원 근무를 마치고 3년 만에 귀국해 짐을 풀자마자 가장 먼저 달려간 곳도 단골 평양냉면집이었으니, 나도 허다한 냉면 찬가에 숟가락 하나 얹을 만한 자격은 있다고 본다.

평양냉면(평냉)은 한국에서 가장 '논쟁적' 음식이다. 열광 아니면 무시, 둘 중 하나로 명확하게 갈린다. 마니아들에게는 남과 다른 특별한 미각이라는 자부심을 드러내는 음식이다. 먹으면서 한마디씩 던지는 말은 거의 수요미식회 경지다. 오죽하면 '면스플레인'이라는 말까지 나왔을까.

식초나 겨자를 치면 냉면에 대한 모욕이다, 이가 아니라 목젖으로 끊어 먹어라, 면발은 붇기 전에 먹어야 하므로 주방 바로 옆에 앉아라, 의정부와 장충동 계보는 이런 점이 다르다……. 압권은 애인이 평냉을 싫어해서 헤어졌다는 사람이다. 이런 이들 앞에서 가위로 면을 싹둑 자르면 사생결단이다. 이 정도 되면 평냉은 이미 맛의 문제를 떠나 '정치적' 문제다.

마니아들이 평양냉면에 바치는 헌사는 거의 종교적이다. '슴슴하다'와 '밍밍하다'는 평냉에게만 허용되는 형용사다. 그 어감이 평냉의 풍미와 식감과 참 잘 어울린다. 어느 고수는 무미無味야말로 평양냉면의 진정한 맛이라고 일갈했다. 시인 백석은 '이 히수무레하고 부드럽고 수수하고 심심한 것은 무엇인가, 그지없이 고담枯淡(꾸밈없이 담담한)하고 소박한 것'이라고 읊었다.

평냉은 온몸의 감각을 살려 먹어야 한다. 아마 평냉에 대한 최고의 찬사는 '영혼의 음식'이 아닐까. 나도 혼자 냉면집에 들렀다가 이놈이 대체 뭐길래, 영혼의 갈증이 싸악 가시는 기묘한 경험을 한 적이 있다.

이번에 평양냉면이 제대로 한몫을 했다. 남북정상회담 신 스틸러로 등극했다. 핵이라는 묵직한 밥상에 감칠맛 나는 양념을 쳤다. 군사분계선을 건너 배달된 최초의 음식, 역시 한국민은 배달민족이라는 네티즌의 기발한 비유에 한참 웃었다.

이제 평화의 상징은 비둘기가 아니라 냉면으로 바뀌어야 한다느니, 북한이 판문점에 가져온 옥류관 제면기를 영구 전시하자든지, 버스 타고 평양 가서 냉면만 먹고 오는 관광 상품을 개발하자든지, 이제는 개마고원 트레킹을 하며 함흥냉면을 먹어야 할 차례라든지…….

두 지도자의 만찬 식탁에 평양냉면이 아니고 설렁탕이나 비빔밥이나 파스타가 올랐다면 이런 말들이 나왔을까. '쌔려 먹는' 디저트 망고무스는 이벤트적이지만, 평냉은 다르다. 조선의 혀만이 느끼는 민족 정서가 있기에 그 어떤 음식도 당할 수가 없다.

냉면은 우리 현대사에서 가장 아프고 생명 질긴 음식이다. 디아스포라(이산) 음식이다. 땅은 갈라졌지만 음식은 남과 북에서 각기 명맥을 이어 왔다. 그 DNA는 할아버지, 아버지, 아들,

손자로 전이되며 거룩한 계보를 이어 간다.

요리는 가장 오래된 외교 수단이라는 말도 있지만, 평양냉면은 외국 언론이 말한 '누들 디플로머시(국수 외교)' 이상의 그 무엇이었다. 2018년 4월 판문점의 평양냉면은 '신의 한 수'였다.

귀빠진
날에

코로나 기세가 잠시 주춤한 2020년 가을, 친구 생일 축하 모임을 가졌다. 한동안 격조했던 친구들끼리 단톡방에서 이야기를 나누다 한 명이 귀빠진 날이라는 걸 알게 됐다. 그렇잖아도 다들 마음은 주저주저하면서도 몸은 근질근질했는데 좋은 구실이 생긴 거다. 모처럼 네 명이 모여 전어를 안주로 한잔했다.

자연스레 생일에 대한 이야기가 오갔다. "아침에 미역국은 얻어먹었냐"부터 "이제 우리 여생에 생일이 몇 번이나 남았을까" 하는 쓸쓸한 대화까지 나누다 생각지 않게 많은 걸 깨닫게 됐다.

우선 쓸데없이 박학다식한 한 친구가 물었다.

"생일을 왜 귀빠진 날이라고 부르는지 알아?"

"그러게. 코나 눈이 아니고, 왜 귀일까?"

태아는 머리부터 세상에 나오는데 산모에겐 그때가 가장 힘들고 고통스러운 순간이라고 한다. 태아의 머리는 어깨너비보다 크다. 그래서 일단 귀가 보이는 게 중요하다. 귀가 빠져나오면 몸통과 다리는 순조롭게 따라 나오니 출산은 다 한 거나 다름없다. 산부인과도 제대로 없던 시절, 시골집에서 순산은 쉬운 일이 아니었다. 어머니들은 해산할 때 댓돌 위에 고무신을 벗어 놓고 '내가 다시 저 신을 신을 수 있을까' 하고 방으로 들어갔다고 한다.

다른 친구가 진지하게 이어받았다.

"그래, 맞아. 그런데 생일은 어머니가 가장 고생한 날인데 왜 생일 축하는 저희끼리만 하지?"

그 친구 이야기를 들으며 난 적잖이 감동했다. 그는 결혼해서 아내가 아이를 낳는 걸 보며 생일의 주인공은 자신이 아니라는 걸 깨달았다고 한다. 그 후 자기 생일에는 꼭 어머니, 아버지에게 미역국을 끓여 드리거나 선물을 드렸다고 한다. 아버지의 그런 모습을 보고 자란 아이들도 자신의 생일에는 그렇게 따라 한다고 한다.

그 말을 듣고 나는 부끄러워졌다. 결혼 후 내 생일에 부모를 생각한 적이 한 번이라도 있었던가. 어머니가 멀리 계시긴 하지만 아내와 아이들하고만 즐겁고 오붓하게 생일상을 먹었다. 어머니는 내 생일에는 가족과 좋은 데 가서 외식하라고 돈을 부치시곤 했는데도, 난 정작 어머니에겐 스웨터 하나 선물한 적이 없다. 다른 때는 문안 전화를 곧잘 하면서도 막상 생일에는 "저를 낳느라고 얼마나 힘드셨어요"라는 감사 전화 한번 한 적이 없다. 생일은 내 것인 줄 알았다. 내 어머니는 얼마나 섭섭하셨을까.

친구는 생일 아침에 미역국을 먹는 관습은 출산의 고통을 겪으며 생명을 주신 어머니의 은혜를 잊지 말라는 의미라고 말해줬다. 그래서 귀빠진 날에는 자기가 미역국을 먹는 게 아니라, 귀를 빼 준 어머니에게 미역국을 끓여 드려야 한다는 것이다.

화제가 '귀'로 계속 이어졌다. 사람이 잘났다고 말할 때 이목구비耳目口鼻가 반듯하다고 한다. 눈, 입, 코도 있는데 왜 귀(耳)를 앞세웠을까? 귀퉁이에 붙어 있어 '귀'가 됐다는데, 얼굴 가운데도 아닌 변방에 있는 것을 말이다. 그건 남에게 늘 귀를 기울이며 살아야 잘난 사람이라는 걸 강조하는 의미라고 한다. '귀엽다'는 단어는 남의 말을 잘 듣는 데서 나온 것이라는 우스개까지 곁들였다.

말은 하고 싶은 대로 할 수 있지만, 듣는 것은 가려들을 수는 없다. 듣는 것은 그래서 신의 뜻이라고 한다. 남이 내 험담을 할 때 '귀가 가렵다'는 표현을 생각해 보라고 한다. 입은 하나인데 눈과 귀가 두 개인 건, 말하기보다 듣고 보기를 두 배 하라는 의미라고 한다.

공자는 나이 60을 귀가 순해진다는 이순耳順이라 했다. 이는 원래 무슨 말을 들어도 그 이치를 깨달아 이해한다는 의미이지만, 무슨 말을 들어도 사사로운 감정에 얽매이지 않는 관용을 말하는 것이라고 한다. 선현들은 나쁜 말을 들으면 곧장 달려가 시냇물에 귀를 씻었다.

늘 내 얼굴 귀퉁이에 붙어 있지만 관심을 두지 않았던 귀. 친구의 귀빠진 날에 귀에 대해 많은 걸 알고 깨닫게 됐다. 귀야, 미안하다. 그리고 내년 내 귀빠진 날에는 꼭 어머니를 모셔다가 미역국을 끓여 드리리라.

제비꽃에 대하여

가을은 하늘에서 오고 봄은 땅에서 온다. 나 어렸을 때, 봄은 이 꽃과 같이 땅에서부터 왔다. 산과 들과 마을에 지천이었다. 냉이 캐러 밭두렁에 나온 소녀들의 꽃반지가 되어 준 꽃. 앞집 분이하고 꽃싸움을 걸며 놀기도 했다.

도시에 살면서 이 꽃은 책갈피 속에 고이 접어 둔 동심의 추억 속에 있는 꽃이 됐다. 그런데 얼마 전 동네의 양지바른 보도블록 갈라진 틈에서 보고 말았다. 수줍게 고개를 내민 진보라색 이 아이가 문득 눈에 밟혔다. 순간 가슴 한쪽이 찌릿했다. 그런데 이런 우연이 또 있을까. 이날 밤 TV의 가요 프로그램에서 오래 잊었던 그 노래를 들었다.

이 꽃을 생각하면 먼저 이 시를 옮기지 않을 수가 없다. 사실 이 시 하나면 끝이다.

> 제비꽃을 알아도 봄은 오고 / 제비꽃을 몰라도 봄은 간다 // 제비꽃에 대해 알기 위해서 / 따로 책을 뒤적여 공부할 필요는 없지 // 연인과 들길을 걸을 때 잊지 않는다면 / 발견할 수 있을 거야 // 그래, 허리를 낮출 줄 아는 사람에게만 / 보이는 거야 자줏빛이지 // 자줏빛을 톡 한번 건드려봐 / 흔들리지? 그건 관심이 있다는 뜻이야 // 사랑이란 그런 거야 / 사랑이란 그런 거야 // 봄은, / 제비꽃을 모르는 사람을 기억하지 않지만 // 제비꽃을 아는 사람 앞으로는 / 그냥 가는 법이 없단다 // 그 사람 앞에는 / 제비꽃 한 포기를 피워두고 가거든 // 참 이상하지? / 해마다 잊지 않고 피워두고 가거든
>
> _안도현, 「제비꽃에 대하여」

한국 포크계의 대부로 불린 음유시인 조동진을 좋아했다. 그가 1985년에 작사, 작곡, 노래한 〈제비꽃〉은 사회생활 초기 힘들 때 위안이 됐던 노래다. 그날 TV에서 함춘호의 기타 반주 하나에 기대 이 노래를 읊조린 장필순은 자신에게 평화를 준 인생 노래였다고 말했다.

조동진은 "찬 기운이 남아 있는 봄바람 속에 짧게 흔들리는 제비꽃을 만나면 반가움과 함께 애처로운 생각이 든다. 마치

꿈 많은 젊은이의 절망감을 보는 듯했다"고 했다.

잘 알려진 모차르트의 가곡 〈제비꽃〉은 괴테의 시에 붙인 곡이다. 나훈아는 인생무상을 노래한 〈테스형〉에서 뜬금없이 "울 아버지 산소에 제비꽃이 피었다"고 했다.

어떻게 이 가녀린 녀석이 도시의 보도블록 그 힘든 틈새에 피어나 내 눈에 들어왔을까. 제비꽃의 생존 전략이라고 한다. 제비꽃 씨앗 겉면에는 엘라이오솜이라는 젤리 같은 물질이 붙어 있는데 이것을 개미가 아주 좋아한다. 개미는 이것을 먹기 위해 씨앗을 통째로 제집으로 물고 간다. 그래서 개미집이 있을 만한 틈새나 구석에 제비꽃이 피어나는 것이다.

이 꽃 이름의 연원에는 여러 설이 있지만, 삼월 삼짇날 제비가 돌아올 때 핀다고 하여 제비꽃이라 했다 한다. 춘궁기에 오랑캐가 자주 쳐들어올 때 피어서 오랑캐꽃이라고도 불렸다. 키가 작아 앉은뱅이꽃이라고도 했다. '따로 책을 뒤적여 공부를 좀 해 보니' 우리나라에서 발견되는 제비꽃만 해도 50여 종이 넘는다. 영어 이름은 바이올렛violet. 영어권 여성의 이름으로 많이 쓰였고 보라색을 지칭하는 색이름이 됐다. 요즘 도로변에 가장 흔하게 심어 놓은 팬지는 서양의 삼색제비꽃이다.

제비꽃은 국민 애송시가 된 나태주 시인의 「풀꽃」에 딱 맞는 꽃이다. 자세히 보아야 예쁘고, 오래 보아야 사랑스럽다. 아담하면서 소박하고 화려하지 않다. 하지만 색깔은 볼수록 오묘하다 못해 도도하다. 그냥 보라, 그냥 자주가 아니다(흰색이나 노란색도 있다). 묘하게 신비스러운 푸른빛을 띤 청자색靑紫色, 남자색藍紫色이다.

평생 충청도 시골 초등학교 교사로 일한 나태주 시인은 제비꽃을 유독 사랑했다. 그의 시집 『제비꽃 연정』은 2020년 소월시문학상 수상작에 선정됐다.

> 그대 떠난 자리에 / 나 혼자 남아 / 쓸쓸한 날 / 제비꽃이 피었습니다 / 다른 날보다 더 예쁘게 / 피었습니다
>
> _나태주, 「제비꽃 1」

> 너를 알고 난 다음부터 / 눈이 작은 여자가 좋았다 / 키 작은 여자도 좋았다 / 보기만 해도 가슴이 철렁했다 // 짧은 봄이 오래도록 떠나지 않았다
>
> _나태주, 「다시 제비꽃」

꽃들은 다른 꽃과 다투거나 시기하지 않는다. 제비꽃은 진달래를 부러워하지 않고 진달래는 결코 장미를 부러워하지 않는다. 진달래는 진달래답게 피면 되고 제비꽃은 제비꽃답게 피면 된다. 세상에 아름답지 않은 꽃은 없듯이 세상에 쓸모없는

인생은 없다(정호승, 「꽃들은 남을 부러워하지 않습니다」).

　그 긴 겨울을 용케 견디고 제비꽃이 어느 풀꽃보다 먼저 꽃을 피웠다. 그 작은 놈을 물끄러미 보고 있자니 눈물 난다. 나의 나태한 눈, 무딘 감성, 더러운 욕망을 죽비로 내려치는 것만 같다.

　시인의 마음을 알 것만 같다. 제비꽃은 그냥 보이지 않는다. 허리를 낮춰야만 내게 온다. 제비꽃을 몰라도 봄은 떠나가겠지만, 그 꽃을 볼 줄 아는 사람 앞에선 봄이 그냥 흘러가지 않으리라.

4장

．
．
．
．

꽃이 지기로서니
바람을 탓하랴

그래, 나 언제 혼자 아닌 적이 있었던가.
인생은 나에게 술 한잔 사 주지 않았거늘.
더 해서 무엇 하며 덜 해서 무엇 한단 말인가.
사랑은 더 해서 무엇 하며, 술은 덜 마셔서 무엇 하리.

노래도
늙는구나

노래를 듣는다. 나도 나이를 먹었다. 어느새는 아니다. 이렇게 늙기까지 오래 걸렸다. 젊음은 공짜로 오지만 늙기는 어렵다. 이 풍진 세상에서 막걸리 한두 잔에 18번 하나 갖고는 제대로 늙어 갈 수 없다.

돌이켜 보니 참 많이 듣고 많이 불렀다. 〈밤을 잊은 그대에게〉부터 시작해 LP판, 워크맨, CD, MP3, 음원, 스트리밍으로 평생 따라가며 들었다.

부르는 장소는 내 나이와 시대를 좇아갔다. 신촌시장 외상 술집에서 양은 주전자에 죄 없는 양철통 쇠젓가락으로 두들겨

가며, 인사동 한정식집 1인 밴드 앞에서 부장님 즐겁게 해 준답시고 마이크 빙빙 돌려 가며, 단란주점에서 호기롭게 대리석 테이블에 올라가서, 노래방에서 아재들끼리 싸구려 청승을 떨어 가며……. 그렇게 수십 년 불러 댔다.

얼굴의 주름과 함께 18번은 바뀌었다. 아마 〈고래사냥〉이나 〈하얀 나비〉부터 시작했겠지. 그리고 〈아파트〉나 〈킬리만자로의 표범〉을 거쳐, 〈사랑했어요〉나 〈존재의 이유〉 정도를 지나, 〈광화문 연가〉와 〈낭만에 대하여〉까지 오지 않았을까. 내 노래는 '대책 없는 열정 → 사랑과 실존 → 연민과 회한'의 순서를 밟았다.

그런데 나만 늙은 건 아니다. 음반 기획자이자 작사가인 이주엽의 신간 『이 한 줄의 가사』(2020년 2월 출간)를 읽다가 어떤 책 제목이 불현듯 떠올랐다. 이 글의 제목은 내가 존경한 그 선배 것을 허락 없이 훔친 거다. 한국일보 주필을 지낸 임철순의 칼럼집 『노래도 늙는구나』다. 내 기억에 이보다 멋들어진 책 제목을 보지 못했다. 이 짧은 한 문장의 제목에 노래의 숙명이 담겨 있다. 오선지가 낡아 가듯 가수도 듣는 이도 늙는다. 그러니 노래도 주인들과 함께 늙어 가는 것이다.

가수의 목소리는 이제 힘은 빠졌으되 질박하다. 감성은 조용하되 침잠한다. 듣는 이는 다를까. 들을 때마다 켜켜이 가슴에 쌓아 왔다. 오월의 꽃향기는 가슴 깊이 더 그리워지고, 첫사랑 그 소녀는 어디에서 나처럼 늙어 갈지 더 애틋해진다. 얼마나 더 가슴에 노래의 탑을 쌓으려나.

우리 때는 멜로디보다 가사였다. 목청은 가사에 먼저 반응했다. 가사는 소주고, 리듬은 소주병이었다. 그 시절 노래들은 대부분이 한 편의 시였다. 가사가 시시껄렁했다면 노래는 결코 나이를 먹어 가지 않을 거다.

사회적 거리두기로 칩거 중 한달음에 읽고 만 이주엽의 책은 보기 드문 가사 비평집이다. 저자는 서문에 이렇게 멋진 말을 남겼다. "노래의 꿈은 음악과 문학이 한 몸이 되는 것이다." 가사는 읽는 것이 아니라 온몸으로 부르는 것이라고 했다. 책은 그런 눈부신 노랫말을 찾아 헤맨 빛나는 아포리즘으로 가득했다.

여기 채록된 40여 곡들은 저자가 20대였던 70~80년대를 관통한 것들이다. 대학생 이주엽은 낮에는 최루탄 연기를 마시고, 밤에는 쓴 소주를 마셨을 거다. 알코올로 목구멍을 씻으며 들국화를 불러 젖혔을 거다. "행진 행진 행진하는 거야!"

페이지를 넘길 때마다 나는 "아, 그래, 이 노래, 이 노래가 있었지, 왜 그동안 잊고 살았을까" 중얼거렸다. 그 노래, 그 노랫

말에 내 젊은 날의 풍경과 이름도 잊힌 누군가의 모습이 어른거리다 사라졌다.

시인과 촌장의 〈가시나무〉 편을 읽으면서는 노래를 찾아 듣지 않고 배길 수가 없었다. 이어폰을 꽂았다. "내 속엔 내가 너무나 많아, 당신의 쉴 곳 없네…" 온종일 이 첫 소절에서 도망칠 수가 없었다. 그때도 이 노랫말이 가슴을 때렸을까. 나도 늙었고 노래도 늙었구나.

저자는 〈고래사냥〉을 이렇게 끝맺었다. "청춘의 꿈은 푸르고 비리다. 가슴에 하나 가득 슬픔뿐이던 뜨거운 신파, 날것의 청승 안에서 머무른 한 시절이 있었다. 아, 헛된 꿈과 사랑, 그 앞에서 속수무책이던 세월이여, 잘 가거라." 나는 아무도 몰래 노래방에 가고 싶어졌다.

봄날은 간다 1

연분홍 치마가 휘날린다고? 그런 늙은 유행가가 흥얼거려진 다는 것은 내 생生도 잔치의 파장처럼 시들해지고 있다는 이야 기다. 벚나무 아래서 만났던 첫사랑. 그 소녀의 허리도 이 나무 몸통처럼 굵어졌을 터다. 터질 것처럼 뛰는 가슴을 가졌던 열 일곱 나도 없다. 돌아보면 화무십일홍. 잔치도 끝나기 전에 꽃 이 날린다. 우리는 모두 타인의 삶에 그냥 스쳐 지나가는 구경 꾼일 뿐이다. 그렇게 시들시들 내 생의 봄날은 간다(정일근).

봄날 느티나무 아래 행인들이 모였다. 악사는 노래를 연주 한다. 손자에게 목욕 가방을 맡긴 할머니가 마이크를 받았다. "잘 부탁합니다. 허명순입니다"에서 꿀 먹은 할머니는 연분홍 치마를 놓치고 놓쳐 아코디언 반주만 봄날은 간다. 복사꽃잎은 흩날린다. 어찌야 쓰까이 요로코롬 피어 부러서(박성우).

낯선 도시 노래방에서 봄날은 가고 있다. 손님 없는 노래방에서 술에 취한 봄날이 간다. 안개도 가고 왕십리도 간다. 기차는 가지 않는다. 글쟁이, 대학교수, 만성 떠돌이, 우울한 이론가, 당신은 남고 봄날은 간다. 나도 남고 봄날은 간다(이승훈).

시인들에게 봄날은 어떻게 가는가.

이 봄이 빗속에 꽃상여로 떠나는 창밖을 바라봅니다(유종인).

꽃잎과 꽃잎 사이 아무도 모르게 봄날이 가고 있습니다(안도현).

손톱에 낀 때같이 봄날이 갑니다(서상영).

체중은 줄지 않고 누구의 안부도 간절하지 않습니다(이재무).

미쳤습니다. 처음으로 사내 욕심이 나서 사내 손목 잡아끌고 초저녁 풋보리잎을 쓰러뜨렸습니다(김용택).

꽃이 집니다. 세상일 마음 같진 않지만 깨달음 없이 산다는 게 얼마나 축복받은 일인지요(김종철).

그러고 보니 당신이나 나나 너무 오래 살고 있군요(김소연).

이렇게 다 주어 버립시다, 꽃들도 지고 있는데. 이렇게 다 놓아 버립시다. 지상에 더 많은 천벌이 있어야겠습니다(고은).

위에 열거한 시들은 다 같은 제목인 「봄날은 간다」의 부분입니다. 제가 (사람 좋은 시인들께서 당연히 용서하리라 믿고) 원문을 중간중간 자르고 아주 조금은 변형해 짜깁기했습니다. 순전히 저의 만용이요, 치기입니다. 제가 찾아낸 것만 해도 이정도이니 아마 다 뒤지면 수십 편은 될 거라고 짐작합니다. 우리나라 시의 제목으로는 아마도 가장 많을 겁니다. 백설희가 부른 〈봄날은 간다〉는 2003년 문학 계간지 『시인세계』 조사에서 시인들이 가장 좋아하는 노래로 꼽혔으니까요. 그 제목으로 시를 헌정할 만하겠지요.

이팝나무 그늘 아래 찔레꽃잎 띄운 낮술에서 깨고 나니 입안에서 뱅뱅 맴돌던 언어가 일장춘몽이 돼 버렸습니다. 족탈불급 아무 생각도 나지 않습니다. 그래서 원고지를 채우느라 이렇게 시 도둑질을 했습니다.

그런데 시들이 왜 한결같이 서러운지요. 가는 봄이 뭔데 마치 삶에 달관한 척하나요. 그 마음 압니다. 봄은 애당초 가기위해 오는 거라고요. 세상 모든 아름다운 건 영원히 머물지 않고 스쳐 갈 뿐이다, 그걸 말하려고 봄이 후딱 가는 거라고요. 네, 봄이 오면 이미 봄이 아니죠. 사랑처럼요.

오늘도 옷고름 씹어 가며 성황당 길에 앙가슴 두드리며 알뜰한 그 맹세를 기다리지만, 그거 다 실없는 기약인 거 압니다. 봄은 무심히 가고 나만 속절없이 남습니다. 배신이 남긴 정표 같습니다. 내 가슴을 들킨 듯, 네 입술을 들킨 듯합니다. 짐짓 아닌 체 모른 체하지만 세상 이치를 훔쳐본 듯합니다.

잔치는 끝났습니다. 꽃이 지기로서니 바람을 탓하겠습니까. 언제 온다는 전보 한 통 없이 도적처럼 왔듯이 그렇게 갑니다. 저는 그냥 이렇게 시시껄렁하게 봄을 떠나보냅니다. 당신은 이 봄을 어떻게 배웅하나요. 시인 기형도는 '봄날이 가면 그뿐 아닌가요'라고 노래하고 스물아홉 어느 이른 봄날에 떠났습니다.

봄날은 간다 2

그 영화를 처음 본 게 2001년이니 한참 전이다. 2018년 이 봄에 재개봉을 한다 해서 얼른 달려가 혼자 조용히 보고 왔다. 영화에서 필을 받아서 그런지 요 며칠 계속 그 노래가 입가에 맴돌았다.

"시간에, 세월에 저항하는 인간에게 흘러가는 봄날은 처참한 것이다. 시간에 저항하는 인간에게 이만큼 잔인한 노래는 없다." 우리 시대의 탁월한 번역문학가이자 소설가 이윤기 (1947~2010)가 한 단편소설에서 이렇게 말했다. 그 노래 제목이 바로 이 작품의 제목이다.

영화로, 드라마로, 뮤지컬로, 연극으로, 악극으로, 심지어 미술(안창홍 〈봄날은 간다〉 연작 등)로도 영역을 넓혀 변주된 그 노래. "빰빰빰빰" 네 번 높게 낮게 이어지는 전주만 들어도 가슴이 서늘해지는 그 노래. 두어 소절을 부를 때까진 괜찮다가도 마지막 소절로 가면 눈시울이 붉어지고 가슴이 먹먹해지는 그 노래. 적당히 낮술에 취해 뽑아 대야 제격인 그 노래.

유튜브를 뒤졌다. 이만큼 많은 후배 가수들이 리메이크한 1950년대 노래가 또 있을까. 배호부터 이미자, 나훈아, 조용필, 장사익, 심수봉, 최백호, 한영애, 이선희, 린, 말로 등이 나름대로 자기가 최고라는 듯 불러 젖혔다.

난 이 중 최백호 버전이 가장 좋다. 세월의 흐름이 물씬 느껴지는 호소력 짙은 음색, 끊어질 듯 말듯 꺾고 돌리며 가슴으로 토해 내는 창법, 우수에 젖은 얼굴만큼이나 쓸쓸하게 읊조리다 한을 풀어 젖히는 포효. 그는 어느 가수보다도 애절하고 청승맞고 무상하게 이 노래를 부른다. 조용필도 나훈아도 못 따라간다.

한영애 버전은 또 다른 맛이다. 관조한 듯 조금은 건방지게, 치마 나풀대듯, 바람난 여자처럼 나대며 읊조린다. 말로가 전제덕의 하모니카 연주에 실어 나지막이 재즈풍으로 부르는 것도 색다른 느낌이다. 장사익의 애절함도 최백호 못지않다.

이 노래는 1954년 대포 소리 멎고 화약 냄새 잦아들 때 발표됐다. 우리 모두 지치고 넋 놓고 있을 때였다. 손로원이 쓰고 박시춘이 곡을 붙인 이 노래 제목이 조사 한 글자 차이에 불과하지만 '봄날이 간다'가 아니고 '봄날은 간다'여서 나는 좋다.

요즘 젊은이들은 노래 〈봄날은 간다〉 하면 김윤아 것을 떠올린다. 같은 제목의 영화 전편에 흐르는 건 "연분홍 치마가 봄바람에 휘날리더라"로 시작하는 백설희 원곡이지만, 엔딩 크레딧이 올라가면서 "눈을 감으면 문득 그리운 날의 기억…"으로 시작하는, 세련된 김윤아 노래로 바뀐다. 마치 세월을 훌쩍 뛰어넘듯이 말이다.

영화 이야기로 돌아간다. 허진호 감독의 〈봄날은 간다〉는 그의 전 작품인 〈8월의 크리스마스〉와 함께 많은 평론가들이 최고의 멜로 영화 중 하나로 꼽는 영화다.

줄거리는 사실 뻔하다. 순수한 남자와 통속적인 여자가 만나고 사랑하고 헤어지는 이야기다. 상우(유지태)는 한 번도 사랑을 안 해 본 남자다. 그래서 은수(이영애)와 사랑에 빠지면서 사랑은 당연히 영원할 거라고 믿는다. 은수는 이혼 경력이 있는 여자다. 그는 사랑에 유효기간이 있음을 이미 잘 알고 있다. 그래서 순수하게 다가오는 상우의 사랑을 받아들이면서도 그 사랑을 부담스러워한다. 그에게 필요한 건 사랑의 감정 그뿐이지, 김치를 잘 담가야 하는 결혼이 아니다. 둘은 부딪친다. 은수는 상우 몰래 다른 남자를 만난다.

아직도 회자되는 그 유명한 대사. 집 앞까지 데려다준 상우에게 은수는 "라면 먹을래?"라고 말한다. 라면을 끓이다가 "자고 갈래요?"라고 유혹한다. 사랑은 그렇게 시작됐지만 어느 날 "우리 헤어지자"는 은수의 말에 상우는 "어떻게 사랑이 변하니?"라고 반문한다.

봄이 지나고 여름이 오면서 두 사람은 헤어진다. 해가 바뀐 봄, 은수는 상우를 찾아온다. 흐드러지게 핀 벚꽃 아래 둘은 재회한다. "우리 같이 있을까?" 여자는 팔짱을 낀다. 아픈 만큼 성숙해진 것일까. 고통과 불면의 시간을 보내며 남자는 깨달았다. 사랑은 되돌릴 수 없고 영원할 수 없다는 걸. 상우는 말없이 은수를 밀어낸다. 여자는 고개를 끄덕인다. "갈게" "응, 잘 가" 여자는 돌아서 가다 되돌아온다. 남자의 옷매무새를 고쳐 주고 악수를 청한다. 남자는 여자의 등을 한동안 바라본다. 여자는 고개를 돌려 웃으며 손을 흔든다. 두 사람은 비로소 '완전하게' 이별했다. 노래 〈사랑의 기쁨〉이 깔린다. "사랑의 기쁨은 어느덧 사라지고 사랑의 슬픔만 영원히 남았네…" 한국 멜로 영화 최고의 이별 장면이다.

허 감독은 왜 그렇고 그런 통속적 사랑 영화에 이 제목을 빌려 왔을까. 봄비 촉촉 적시는 날도 아닌, 화사한 봄날의 벚꽃 터널에서 둘을 헤어지게 했을까. 이 영화 제목이 만약 〈봄날은 간다〉가 아니었더라면, 이 영화는 같은 스토리일지라도 왠지 시시하게 느껴졌을 거 같다.

    사랑의 속성은 봄이다. 봄이 온 순간 우리 곁을 떠나듯 사랑의 정념도 벚꽃처럼 잠시 눈부시게 피었다가 덧없이 낙화한다. 사랑이 손을 내민 순간, 이별은 벌써 다른 한 손으로 악수를 청하고 있는 것이다. 짧기에 화려하고 뜨거운 것이다. 초기 휴대폰 광고에도 나온 명대사 "어떻게 사랑이 변하니"는 순진한 상우의 입에서나 나오는 말이다. 사랑의 영원성과 상투성은 평생을 부딪친다. 사랑은 그렇게 비논리적이다. 천국이자 지옥이요, 망각이자 기억이다. 그리고 그 아물지 않는 상처야말로 살아가는 힘이다. 결국은 혼자인 것이다. 사랑은 잊음으로써 완성하는 거다. 상우는 눈부신 봄날에 깨달았다. 봄은 정녕 이별하기 좋은 계절이다.

발아,
고맙다 🕐

박세리, 강수진, 박지성, 이상화, 김연아, 손연재, 이봉주……. 모든 국민이 아는 이 사람들의 공통점은 '아름다운 발'을 가진 스타라는 것이다. 아마 이 중에서도 가장 인상적인 발은 발레리나 강수진의 발일 것이다. 열 발가락 마디마다 마치 소나무 옹이(송절松節)처럼 뼈는 튀어나왔고, 발가락들은 일그러졌고, 발톱은 뭉개져 있다. 우아한 백조의 토슈즈 안에는 무시무시한 발가락이 숨겨져 있던 것이다. '숭고한' 발이다.

그대가 편안하게 길을 걸으며 풍경을 감상할 때 나는 발
가락으로 온몸을 지탱하며 목숨을 걸고 전쟁처럼 하루
를 보냈다. 발레를 하기 위해 태어난 몸은 없다. 까지고

부러지고 찢어진 내 두 발, 30년 동안 아물지 않은 그 상
처가 나를 키웠다.

_강수진, 『나는 내일을 기다리지 않는다』 중에서

1998년 US오픈 연장 결승전 마지막 홀. 그건 모험이었다.
박세리는 워터해저드에 처박힌 공을 쳐 내기 위해 양말을 벗었
다. 순간 그 새하얀 발과 새카만 종아리의 극명한 대비, 그 발
은 IMF의 고통 속에 있던 국민에게 위안과 용기를 준 감동의
서프라이즈, 최고의 선물이었다.

아름다운 발이 하나 추가됐다. 국민을 숨죽이게 한 호주오
픈 남자 단식 4강전. 정현 선수가 2세트에서 갑자기 기권을 하
고 테니스 코트를 나갔다. 로저 페더러가 아무리 세계 최강이
라 해도 제대로 싸워 보지도 않고 게임을 포기하다니 기가 막
혔다. 아름다운 패배는 생각했어도 기권은 상상조차 못한 일이
었다.

그가 기권 후에 공개한 발바닥의 참상을 보고서야 비로소
"아, 어쩔 수 없었구나" 납득이 됐다. 테이핑을 벗긴 발바닥은
처참했다. 물집이 터져 굳은살이 박인 곳에 또 물집이 생기면
서 피멍까지 든 빨간 생살이 고스란히 드러났다.

얼핏 신체 부위 중에서 하찮은 듯하면서도 기실 매우 중요

한 게 발이다. 발은 제2의 심장이라고 한다. 걸을 때 심장에서 보낸 혈액을 다시 온몸으로 보내는 펌프 작용을 한다. 발은 신체의 모든 부분과 연결돼 있다. 우리나라 결혼 풍습 중에 신랑 발을 때리는 건, 신랑의 피로를 풀어 주고 첫날밤을 정력적으로 보내라는 의미다.

사람의 발은 일생 동안 지구 네 바퀴 반을 돌 정도로 고생한다고 한다. 바람만 스쳐도 아프다는 통풍, 무지외반증, 족저근막염 등으로 발도 늙는다, 손에겐 미안하지만 어디 발만큼 혹사당하랴. 발 뻗을 곳이 없다는 말은 쉬거나 의지할 곳이 없다는 말이다.

세족식이라는 게 있다. 불교나 천주교 같은 종교에서 시작됐다. 예수는 최후의 만찬을 하기 전에 열두 제자의 발을 씻겼다. 입학식이나 신입생 오리엔테이션, 군 입대식, 어버이날, 자선 행사 같은 데서 종종 세족식을 볼 수 있다. 남의 발을 씻겨 주는 건 나의 낮춤이자 상대에 대한 경외이자 섬김의 의미다.

오늘 내 발을 무심히 내려다본다. 나를 이 자리에 이만큼 데려온 묵묵한 발이다. 육신의 가장 낮은 곳에서 온몸의 무게를 받아 내고 대지의 생명을 빨아들여 날 강건하게 해 준 255밀리 길이의 두 발이다.

그 흔한 발 마사지 호강 한번 제대로 못 해 줬다. 족부 클리닉이니 뭐니 하는 데 구경도 못 시켜 주고, 풋케어 용품 한번 못 사 줘 미안하다. 오늘 내 두 발에게 말한다. 아직은 땅바닥을 딛고 걸을 수 있게 수고해 줘 정말로 고맙구나. 오늘 밤 따스한 물에 족욕으로나마 너를 위로해 주마. 하나님, 저에게도 발을 씻을 수 있는 기쁜 시간을 허락해 주셔서 감사합니다.

나이도
스펙이다

소소한 할리우드 영화 〈인턴〉을 보았다. 영화를 보고 나서
은퇴를 앞두거나 퇴직한 분들이 꼭 보면 참 좋겠다, 라고 자발
적으로 남 생각까지 하게 만든 영화였다.

영화는 창업 1년 만에 성공한 30세 여성 CEO 줄스(앤 해서
웨이)가 경영하는 온라인 패션 쇼핑몰 회사에 시니어 인턴으로
들어간 70세 사원 벤(로버트 드 니로)의 이야기이다. 영화는 잔
잔하고 따스하면서 유쾌하고 울림이 있다.

이 영화에 공감하는 건 세대 차가 없는 것 같다. 나 같은 중
년에겐 주인공의 삶의 방식을 부러워하면서 스스로를 되돌아

보게 했다. '버릇없는' 젊은이들을 비판만 하려는 자신을 반성하게도 했다. 젊은이들이 쓴 평을 읽어 보았다. 그들은 그들대로 나이 먹은 사람의 삶의 지혜와 경륜, 그 가치에 대해 느낀 것 같다. 저렇게 멋있게 나이를 들 수도 있구나, 나도 저렇게 늙어 가야지, 라는 감상평이 많았다. 모처럼 세대 간의 이해와 화해를 가르쳐 준 작품이다.

전화번호부를 인쇄하는 아날로그 회사에서 부사장까지 오르며 40년을 일하고 퇴직한 벤은 이전 산업 세대의 전형적 인물이고, 인터넷 쇼핑몰로 순식간에 성공한 줄스는 21세기 IT 시대의 상징이다. 장소도 그렇다. 쇼핑몰 자리는 벤이 일했던 회사 터다. 거대한 인쇄기가 있던 자리엔 컴퓨터들이 자리 잡았다.

정부의 시책에 따라 시니어 인턴을 아무 생각 없이 고용한 줄스는 처음엔 벤에게 아무런 관심이 없었다. 말쑥한 정장에 수십 년 닳고 닳은 가죽 가방을 들고 나타나 컴퓨터도 제대로 켜지 못하는 벤은 직원들에겐 그저 그런 거추장스러운 꼰대였을 뿐이다.

벤은 그러나 한 번도 자신의 경륜과 나이를 내세우지 않았다. 그저 솔선수범했고 간섭하지 않되 묵묵히 지켜만 보다가 도움이 필요할 때 손을 내밀었다. 결코 상사보다 먼저 퇴근하지 않고 지친 상사를 위해 말없이 치킨수프를 사다 준다.

줄스는 오지랖이 넓고 연륜이 풍부한 그가 부담스러웠다. 자신의 운전기사 직에서 다른 자리로 발령을 냈다. 하지만 그의 부재가 주는 공허를 바로 알아챘다. 자신의 이기적 판단을 후회하고 가슴을 열고 조언을 구한다. "덕분에 처음으로 어른처럼 생각하고 말하게 됐어요."

이 영화의 포스터에 붙은 카피는 '경험은 결코 늙지 않는다(Experience never get old)'였다. 나이는 나잇값이 아니라 선하고 좋은 스펙이 될 수 있다는 의미가 아닐까.

젊음이나 늙음은 신이 내린 상도 벌도 아니다. 주름살은 그저 중력의 작용이며 자연의 이치에 다름 아닌 것이다.

영화관을 나오며 생각했다. 이제는 나에게, 남에게 너그럽게 살아야겠다. 그게 내 나이의 스펙이다. 중년은 호주머니에 두 장의 손수건이 필요한 나이다. 한 장은 아무도 몰래 나의 눈물을 훔치기 위해, 다른 한 장은 남의 눈물을 닦아 주기 위해. "손수건을 갖고 다니는 가장 큰 이유는 빌려주기 위해서야." 벤의 말이었다.

삼식이를 위한
변명

며칠 전 친구들과 삼식이 매운탕을 먹었다. 삼식이는 산란기인 이맘때가 제철이다. 삼식이를 본 사람은 아마 그 흉측한 모습에 놀랄 것이다. 아귀와 함께 못생긴 물고기로는 쌍벽을 다툰다. "삼식이 같은 놈"이라는 욕은 그 생김새에서 유래했다. 못생긴 물고기가 맛은 좋다. 살이 부드러워 매운탕이나 속풀이로 제격이다. 삼식이의 표준어는 삼세기다. 쏨뱅이목 삼세기과에 속한다. 강원도에서는 멍텅구리라고도 하고 전라도에서는 삼식이로 통한다.

그런데 한 친구가 매운탕을 앞에 놓고 질문을 했다.
"삼식이가 어디에 사는지 알지?"

"깊은 바닷속에 살지 않나."

"넌 아직 삼식이가 아닌가 보네."

친구들의 웃음소리에 나는 비로소 머리를 긁적였다.

이런 걸 아재 개그라고 하나 보다. 정답은 '안방'이다. 지위는 더 격하돼 이제는 '삼세끼'가 되어 버렸다. 존경스런 형님뻘로 영식 님, 일식 씨, 두식 군이 있다.

은퇴한 남자들의 모임에서 삼식이는 빠지지 않는 술안주다. 누군가 새 버전을 소개하면 한바탕 웃고 서로를 쳐다본다. 하지만 짐짓 호탕한 체하는 그 웃음 속에는 넌지시 자조와 울분이 있음을 서로 모를 리 없다.

은퇴해서 집에 눌러앉은 남자에 대한 블랙 유머가 우리 사회에 넘쳐 난다. 누가 생산해 내는지는 몰라도 상상력과 창의력이 놀랍다.

내가 과문한 탓인지는 몰라도 이날 들은 새 버전은 이런 것이다.

"이사 갈 때 은퇴한 남편이 가장 먼저 해야 할 일은?"

"애완견을 안는 것."

"아내가 다이아 반지 끼고 잘 차려입고 외제차 타고 여고 동창회에 갔는데, 시무룩해져 돌아와 한마디 했다는데?"

"나만 남편이 있더라."

이쯤 되면 늙은 남편은 개보다도 못한 신세요, 일찍 죽어 주는 게 도리인 것이다. 이런 블랙 유머를 관통하는 철학은 진인사대처명盡人事待妻命, 처화만사성妻和萬事成, 인명재처人命在妻 같은, 아내를 우러르는 정신이다. 남자는 무조건 여자 말 잘 들어야 오래 산다는 것이다.

(착각일지 모르지만) 나는 아직은 '다행히' 아내에게 '끼니 수'로 불리지는 않는다고 믿는다. 그래서 정말 궁금했다. 친구 사이니까 정말 한번 솔직하게 말해 보자고 제안했다. 진짜로 아내로부터 삼식이 취급을 받는지. 대답은 대체로 이랬다.

"그냥 웃자고 하는 말 아니겠나. 난 아직은 밥 얻어먹네. 요리도 하나둘 배우고 설거지도 해 주고. 아내가 나가면 혼자 차려 먹을 줄도 알고. 아내한테 잘들 하자고. 자, 우리 모두 삼식이를 위하여!"

남자는 늙어도 사내다. 세태가 못마땅하긴 해도 아내를 원망하는 친구는 없었다. 난 한국의 남편과 아버지들은 설사 월급봉투를 내놓지는 못한다 하더라도 가장의 책임을 다해야 한다는 유달리 강한 DNA를 갖고 있다고 믿는 사람이다.

영화 〈국제시장〉이 한국 영화 역대 4위 관객(1,426만 명)을 기록한 것은 그런 한국적 정서에 모두 공감했기 때문이다. 노인이 된 덕수가 자식 손자들이 거실에서 즐겁게 놀 때 살짝 빠져나와 아버지 영정을 보며 "아부지예, 이만하면 저도 잘 살았지예, 그런데 진짜 힘들었거든예"라며 속으로 중얼거리는 모습, 그게 한국 중년 남자의 자화상이다.

나이 든 남녀 출연자들이 나와서 가정사를 놓고 수다를 떠는 TV 예능 프로들이 많은데 난 절대 보지 않는다. 대한민국의 은퇴남은 대체로 힘이 빠지고, 갈 데가 없고, 철이 없고, 제 몸 하나 제대로 건사 못하고, 아내 눈치나 살피고, 그러면서도 소통할 줄 모르고, 아는 체나 하고, 권위 의식은 버리지 못하고, 가정과 사회에 별 이득이 되지 않는 존재로 묘사된다. 사회자는 편을 가르고 성 대결을 부추긴다. 예능은 서로를 헐뜯을수록 시청률이 올라간다.

남편 흉도 보고 아내 험담도 한다. 결과는? 대체로 남성이 먼저 깨갱 하며 꼬리를 내리고 여성의 판정승으로 끝난다. 제작진이 개입했겠지만 난 이런 포맷이 싫다. 그걸 보며 박장대소하는 사람들은 더 싫다.

나는 삼식이란 말의 탄생이 우리 사회에 만연한 혐오 풍조 탓이라고 생각한다. '된장녀' '한남충' 같은 성별 혐오의 분위기가 나이로 확장된 것이다. 나이 혐오는 별 저항 없이 남자나 여자 사이에 일반적으로 통용된다.

그 대표어는 '꼰대'와 '아재'를 지나 단연코 '개저씨'다. 꼰대라는 말은 소신이라도 돋보인다. 아재는 예능 프로에서 몇몇 중년들의 활약 덕에 친숙한 이미지로의 반전에 성공했다. 그런데개저씨는 무개념에 나잇살로 갑질한다는 욕설이다. 인간미가전혀 스며들지 않은 진짜 욕다운 욕이다. 백주 대낮이든 음습한 곳이든 개저씨는 늘 잠재적 가해자로 여겨진다.

정말 남편이 일찍 죽으면 행복해지는 아내가 몇이나 될까. 대다수 한국의 부부는 여전히 단란하게 살기를 원하고, 보통의아내는 여성호르몬이 줄어들었어도 여전히 현모양처. 아내도 남편만큼, 그 이상 고생했다. 맞벌이였든 아니었든 아내의일은 늘 아내의 몫이어서 우울증이니 주부습진이니 척추협착증이니 족저근막염이니 이리저리 마음도 몸도 고장 났다.

흔한 말로 은퇴남들이 "내가 그동안 어떻게 가족과 회사와나라를 위해…"라며 공치사를 하자는 건 아니다. 중동의 사막에서 눈물 젖은 난닝구 빤쓰 빨며, 돈 부친 거 더 말하지 않겠다.

다만 더 이상 돈을 못 벌고 거실에서 섭생한다는 이유만으로 도매금으로 삼식이 이미지를 씌우고, 때로 가치의 변화에적응 못 한다 해서 '개'라는 접두사를 싸잡아 붙이는 세태는온당하지도 공정하지도 않다고 생각한다. 블랙 유머가 때로는 각성을 주지만, 너무 과장되거나 넘쳐 나면 유머의 지위를 잃어버리고 일반화의 오류를 범하게 된다.

아프리카 수사자는 늙어 힘이 빠지면 무리를 떠난다. 광야를 헤매다 혼자 굶어 죽는다. 그게 한때 위엄 있던 제왕의 운명이다. 그러나 가정은 밀림의 법칙이 지배하는 동물의 왕국이 아니다. 비록 사냥과 생식의 힘이 소진했다 해도, 빛나는 갈기가 찢기고 날카로운 발톱이 무디어졌다 해도, 한국의 중년 남자는 과거에도 그랬듯, 지금도 여전히 가장이고 남편이고 아버지고, 그리고 사람이다.

사나이를
위하여

"요즘 남자들은 도대체 왜 그리 지질해요? 사나이답지 못하게."

TV를 보던 아내가 한마디 했다. 오늘 저녁 뉴스에도 듣기 민망한, 좀 해괴망측한 성범죄 뉴스가 나왔다. 성범죄는 직업이나 신분, 지식이나 교양 정도와는 아무 관계가 없는 거 같다. 오늘의 주인공은 대학교수님이었다.

"맞아, 요즘 정말 사나이 보기가 어려운 거 같네." 나는 맞장구쳤다.

사나이, 참 오랜만에 들어보는 가슴 뛰는 단어다. 아재 소리나 안 들으면 다행인 나이에 사나이 운운하긴 그렇지만, 나도 한때 '진짜 사나이'였다. 수십 킬로 완전무장 행군을 하며 "사나이로 태어나서 할 일도 많다만…" 악을 쓰며 불러 댔다. 사나이 아니었던 대한민국 남자가 있으면 나와 보라.

남자는 그냥 성을 구분하는 객관적 보통명사지만, 사나이란 말에는 나이와 혈기만이 아닌 주관적인 그 무엇이 있다. '사나이답다'라는 표현은 남성성의 덕목을 칭찬해 주는 것이다. 힘, 용기, 씩씩함, 의리, 끈기, 헌신, 희생, 포용, 과묵, 결단력, 책임감 같은 것들이다. 통 크고 시원시원하고 의리 지키고 무언가에 헌신할 줄 알아야 사내인 게다.

그래서 그럴까. 사나이란 단어 뒤에는 '안 된다'라는 금지어가 후렴처럼 따라붙는다. 사나이 우는 마음을 그 누가 아랴, 사나이는 울어도 몰래 울어야 한다. 두 번 죽어서도 안 된다. 작은 일에 연연해도 안 된다. 진짜 사나이라면 사랑에도 목숨 걸어야 한다. 그리고 지나간 버스와 여자는 쳐다보지 말아야 한다. 압권은 화장실에 있다. 사나이가 흘리지 말아야 할 것은 눈물만이 아니다.

사소한 데 한눈팔고 오욕칠정에 눈멀어 이상과 야망을 그르치면 사나이 대장부가 아니다. 사나이로 태어나서 얻다 대고 여자에게 손찌검하고, 지질하게 성추행이나 하고, 힘없는 여잘

공격한단 말인가.

그 많던 사나이들은 다 어디 갔을까. 시인은 사나이의 멸종을 한탄한다.

"요새는 왜 사나이를 만나기가 힘들지 / 싱싱하게 몸부림 치는 / 가물치처럼 온 몸을 던져오는 // 눈에 띌까, 어슬렁 거리는 초라한 잡종들뿐 / 눈부신 야생마는 만나기가 어렵지 // 여권 운동가들이 저지른 일 중에 / 가장 큰 실수 는 / 바로 세상에서 / 멋진 잡놈들을 추방해 버린 것은 아닐까 / (중략) / 그런데 어찌된 일이야 / 요새는 비겁하게 치마 속으로 손을 들이미는 / 때 묻고 약아빠진 졸개들은 많은데 // 불꽃을 찾아 온 사막을 헤매이며 / 검은 눈썹을 태우는 / 진짜 멋지고 당당한 잡놈은 / 멸종 위기네"

_문정희, 「다시 남자를 위하여」 중에서

시인에게는 그런 눈부신 사내가 있었으니 바로 사마천이다. "천년 후의 여자 하나 / 오래 잠 못 들게 하는 / 멋진 사나이"라 며 흠모했다. 시인에게 사마천은 '꼿꼿한 기둥을 잘리고 기둥에서 해방되어 되레 천년을 얻은 진정한 사내가 된 사내'다(문정희, 「사랑하는 사마천 당신에게」).

시에는 이런 주가 붙어 있다. "투옥 당한 패장을 양심과 정의에 따라 변호하다가 남근을 잘리는 궁형을 받고도, 수사修史의 뜻을 관철하여 130권의 방대한 역사책 『사기史記』를 써서 인간이 무엇인가를 규명해 낸 사나이를 위한 노래."

시인의 사나이 편력은 역사와 신화 속을 가로지르며 여러 시에 등장한다. 선덕여왕을 짝사랑하다 몸을 불사른 신라의 천민 청년 지귀, 강 건너 저편에 있는 미지의 이상 세계를 향해 한 손에 술병 들고 푸른 강물에 뛰어든 백수광부(「공무도하가」), 농사밖에 몰랐지만 굴욕의 삶을 갈아엎고 참수됨으로써 더욱 파랗게 살아난 '천둥 같은 사나이' 전봉준, 평생을 조선의 지도 제작에 바친 고산자 김정호, 지중해 하늘에서 애기와 사라진 생텍쥐페리 같은 눈부신 사내들이 시에 소환됐다.

한국 남정네들은 모두 고추 달린 사내아이로 태어났다. 그런데 젊어서는 한남충, 직장에서는 꼰대, 나이 들어서는 개저씨가 웬 말인가.

오늘도 TV 뉴스에는 사나이가 부재하고, 공중화장실에는 소변만 흥건하다.

응답하라,
공중전화

2018년 11월 24일 서울에는 첫눈이 내렸다. 첫눈으로는 81년 이래 최고라는 8.8센티나 내려 대설주의보까지 발령됐다. 주말 아침 세상은 온통 화이트 랜드였다.

첫눈이 왔으니 처녀총각의 마음이 어찌 들뜨지 않으랴. 시인 은 안다. 정호승은 "아직도 첫눈 오는 날 만나자고 / 약속하는 사람들 때문에 첫눈은 내린다(정호승, 「첫눈 오는 날 만나자」)"고 했고, "첫눈이 가장 먼저 내리는 곳은 / 나를 첫사랑이라고 말 하던 너의 입술 위(정호승, 「첫눈이 가장 먼저 내리는 곳」)"라고 노래 했다.

그래서인가. 첫눈 오는 날 전화통은 난리가 난다. 통화량이 평소보다 서너 배는 폭주한다. 그러나 토요일인 이날 아침, 사랑의 밀어는 멈추었다. 그건 정말 아무도 생각 못 한 돌발 사태였다. 오전 10시쯤 서울 서대문구 아현동 KT 전화국 통신선로에 화재가 발생했다. 이 여파로 서울의 상당히 넓은 지역에 통신 대란이 일어나며 일상이 정지해 버렸다.

어디로 가야 할까. 모두 공중전화를 찾았다. 그러나 한번 버림받은 녀석은 결코 고분고분하지도 호락호락하지도 않다.

공중전화 부스가 도대체 어디에 있지, 얼마를 넣어야 하는 거지, 지폐를 넣어도 되나, 교통카드와 신용카드도 가능하나, 요즘도 컬렉트콜이 있나, 컬렉트콜 번호가 뭐지, 모르는 번호가 뜨면 받지 않을 텐데……. 디지털의 역설을 마주한 날, 우리는 아날로그 세계로 소환된 진기한 경험을 했다. 그곳에 개인통신과 인터넷과 카드와 인공지능은 없다.

그날 공중전화는 아주 귀하신 몸이 됐다. 모성 본능이 발동한 아내는 당장 공중전화카드를 사서 비상용으로 아이들에게 주겠다며 어디서 살 수 있냐고 물었다.

하지만 난 술에 취해 인적 없는 전화 부스를 찾아 헤매다 수없이 동전을 투입하며 당신과 하염없이 통화하던 순간이 먼저 떠올랐다. 많은 이들이 이날 공중전화 부스 안, 이삼십 년 전 자신의 모습을 소환했을 것이다. 군대 갔을 때 오렌지색 전화기 앞에 긴 줄을 서서 드디어 어머니와 짧은 첫 통화를 했을 때 어머니는 말을 잇지 못했다.

수많은 청춘의 사랑이 이뤄지고 부서지던 공간. 그의 동네에 가서 전화를 걸었지만 매정하게 전화를 끊는 그. 수화기에서 속절없이 이어지던 "뚜뚜뚜뚜…" 신호음을 기억하는가. 1989년 가수 김혜림의 1집 타이틀곡은 〈디디디DDD〉였다. 요새 애들은 뭔 약자인지 모를 거다(교환이 필요 없는 장거리 자동전화다). "찰칵" 투입구에 동전이 떨어지는 그 차가운, 가슴이 벌렁벌렁 뛰는 금속성 사운드로 노래는 시작한다. "마지막 동전 하나 손끝에서 떠나면 / 디디디 디디디 혼자서 너무나 외로워……."

영화 속에서 선연히 남은 공중전화 이미지는 〈영웅본색2〉(우위썬吳宇森 감독)의 엔딩 장면이다. 갱단의 총을 맞은 형사 장궈룽張國榮은 피를 흘리며 공중전화 부스에서 아내에게 전화를 건다. 딸의 출산 소식을 들으며 아기의 이름을 지어 주고는 숨을 거둔다.

내 손에 휴대폰이 들려지면서 이제 그런 건 다 유작이 됐다. 리바이벌될 일도 없다. 그대 오기를 목 놓아 기다릴 일도 없고, 헛걸음 칠 이유도 없다. 당신이 오늘 어디서 무얼 먹었는지도

다 안다. 지구촌에 있는 한 우린 365일 24시간 연결돼 있으니 그리움과 기다림과 외로움의 여백은 없다. 이별과 만남은 손가락 한 번이면 된다. 대신 비밀이 생겼다. 휴대폰을 모두 식탁에 까놓는 순간 우리는 '완벽한 타인'이다.

초연결 사회의 재앙을 겪으니 한 번도 쳐다보지 않았던 우리 동네 버스 정류장 앞 낡은 공중전화, 오랜 세월 휑하니 그 자리를 지키고 있는 이 노란 쇳덩어리가 정다워 보인다. 한번 걸어볼까. 아차, 그런데 아내 전화번호가 뭐더라.

아날로그의
반격

스티브 잡스(1955~2011)는 2010년 아이패드를 출시하고 『뉴욕타임스』와 인터뷰했다. 한참 아이패드의 성능을 자랑하는데 기자가 갑자기 이렇게 물었다.

"그러면 당신의 아이들도 아이패드를 좋아하나요?"

"우리 애들은 아이패드를 사용하지 않습니다. 저는 아이들이 집에서 IT 기기를 사용하는 것을 제한합니다."

잡스는 아이들이 14세가 될 때까지는 휴대폰을 사 주지 않았다. 성인이 되기 전까지는 집에서 PC 사용을 하루 45분 이내로 제한했다. 식사 중 휴대폰 보는 걸 금지했고 자기 전에는 동영상을 못 보게 했다. 그를 빼고 스마트폰의 진화를 논할 수는 없지만 그는 누구보다도 아날로그적 인물이었다. 그래서 그의 작품에는 문학적 감성과 디자인이 많이 들어가 있다. 그는 잘 알려지지 않았지만 대단한 독서광이었다. "내가 이 세상에서 가장 좋아하는 건 스시와 책"이라고 말한 적이 있다. 그가 진짜 좋아한 건 컴퓨터와 휴대폰이 아니었다.

거의 모든 신문사는 한 해를 보내며 '올해의 책'을 선정한다. 보통 열 권 정도를 뽑는데 2017년에는 거의 예외 없이 포함된 책이 하나 있다. 캐나다의 논픽션 작가 데이비스 색스가 쓴 『아날로그의 반격』이다. 이미 2016년 『뉴욕타임스』가 선정한 '올해의 책' 중 하나였다.

이 책에 나온 많은 예 중 하나만 들어 본다. 디지털이 고사시킨 아날로그 레코드판을 부활시킨 것은 무엇일까. 바로 디지털이었다. LP 애호가들이 레코드판을 사고팔기 위해 인터넷에 몰려들었던 것이다. 수백만 장의 앨범이 이베이에서 경매되고, 아마존에서 거래되면서 관련 산업을 부활시켰다.

왜 다시 LP판일까. 그들은 서가에서 레코드판을 골라 먼지를 닦고, 턴테이블 바늘을 정성스레 내려놓고, 표면을 긁는 듯한 소리가 스피커로 흘러나오기 전 1초 동안의 침묵을 사랑한다, 손과 발과 눈과 귀의 감각이 동원된다. LP는 경험의 극치이다.

세상이 바뀔 줄 알았다. 사람들은 디지털이 만드는 유토피아를 상상했다. 나이 든 구닥다리는 적응하지 못할 것만 같았다. 그런데 그게 꼭 그렇지는 않았다. 디지털의 눈부신 속도와 확장만큼 아날로그의 조용한 회귀와 반격도 만만치 않다. 이런 아날로그 트렌드를 주도하는 계층이 디지털 네이티브인 젊은 밀레니얼millenial 세대라는 점은 흥미롭다. 2018년 국내 최고의 트렌드는 '갓 구운 빵을 손으로 찢어 먹는' 소확행이었다.

연필을 사각사각 깎아 다이어리에 써 내려가는 촉감, 손으로 만져지고 앨범과 액자에 넣을 수 있는 필름 사진, 전자책보다는 바스락바스락 책장을 넘기는 소리, 나만의 개성적 서체 캘리그래피와 색색의 크레용으로 채워 넣는 컬러링북, 웃음과 눈물과 실시간 소통을 주는 라디오 프로그램, 각종 요가와 명상 프로그램들, 액체 괴물 슬라임 놀이, 이 세상 모든 고요한 소리만 듣는 ASMR(자율 감각 쾌락 반응), 노멀 크러시normal crush(평범함에의 동경)······.

오감으로 느끼고, 경험하고, 소통하고, 교감하고, 연대하는 것들이다. 과시보다 가치, 소유보다 경험, 소셜보다 스킨십, 미래보다 현재의 순간, 경쟁보다 만족, 회식보다 혼술, 업무보다 나의 저녁 시간, 성공보다 자존감, 패션보다 스타일이 중요하다고 생각하기 시작했다.

독립영화의 거장 짐 자무시 감독의 〈패터슨〉이 2017년 연말 극장가에서 잔잔한 흥행을 이어 갔다. 미국 소도시 패터슨에 사는 버스 운전기사 패터슨(애덤 드라이버)의 반복적인 일주일 일상을 그냥 따라가며 보여 주는, 평양냉면처럼 슴슴한 영화다.

같은 시간에 같은 일상이 반복되므로 그는 휴대폰도 필요 없다. 그래도 마주치는 사람들도 바뀌고 풍경도 조금씩 달라지고 소소한 일들이 생긴다. 평온한 일상 가운데 가장 특별한 하나는 일상에서 건져 올리는 시다. 영감이 떠오르면 바로 시를 쓴다. 그의 비밀 노트는 매일매일 빈 페이지를 채워 간다.

삶은 따분하고 지루한 듯하지만 평범한 일상을 제대로 누리는 것이야말로 사실 굉장히 특별한 일이라는 걸 영화는 담담하게 보여 준다. 행복은 매크로가 아니고 디테일이라는 것을, 인생 뭐 별거 없다는 비밀을, 로또 대박이나 백마를 탄 왕자나 운명의 여신은 내게 오지 않을 거라고 영화는 말한다. 소소한 즐거움을 놓지 않는 한 인생은 무너지지 않는다고, 인생의 피할 수 없는 슬픔은 일상의 작은 기쁨으로 회복된다고, 하지만 그게 꼭 같은 크기일 필요는 없다고 한다.

우리는 사실 그런 행복을 이미 알고 있었다. 단지 잊고 있었을 뿐이다. 초등학생 때 이미 틸틸과 미틸이 그리도 찾아 헤매던 '파랑새'는 바로 머리맡에서 키우던 비둘기였다는 걸 읽었다.

　인간은 본질적으로 아날로그적 존재인 걸. 인간의 마음은 0과 1 이진법으로는 나눠지도, 채워지지도 않는다. 백열전구가 발명된 지 백 년이 넘었지만 양초는 어디선가 여전히 빛을 밝히고 있다.

김유정역에서

제목을 이리 붙이고 나니 곽재구 시인의 그 유명한 시 「사평역에서」를 흉내 냈다고 하겠다. 맞다. 하지만 사평역은 시인의 마음속에 있는 역이고, 김유정역은 실재한다. 수도권 전철인 경춘선 강촌역과 남춘천역 사이에 있다.

김유정역에 홀연히 섰다. ITX-청춘열차가 지나치는 역이라 그런지 인적은 뜸하다. 2010년 신축한 한옥 형태의 쾌적한 역사다. 김유정역은 참 유정有情한 역이다. 그 주인의 짧은 생애(1908~1937)처럼, 그 소설 속 주인공들처럼 사연이 많다. 한국 철도 사상 처음으로 지명이 아닌 사람 이름으로 명명한 역이다.

처음부터 김유정에게 헌정한 역은 아니었다. 여기엔 1939년부터 신남역이 있었다. 2004년에 역 앞 실레마을에서 태어나고 죽은 김유정을 역 이름으로 삼자는 움직임이 있었다. 김유정 연구에 평생을 바친 소설가 전상국(전 강원대 교수, 전 김유정기념사업회 이사장) 씨가 뛰어다녔다. 그는 폐병쟁이에다 총각 귀신이 된 사람의 이름을 마을 역명으로 할 수 없다고 반대한 마을 사람들과, 사람 이름을 역명으로 허가한 적 없다는 철도 당국을 설득했다. 그렇게 김유정역은 태어났다.

역사를 나와 노란 들꽃이 핀 철길을 따라 걷는다. 작고 소박한 구 역사가 나온다. 폐역 대합실 나무 의자에 앉았다. 시간은 정지된 듯했다. 간이역은 왜 이리 오만 가지 상념의 꽃밭일까.

삶의 핍진함을 회화적으로 노래한 아름답고 슬픈 서정시 「사평역에서」는 "막차는 좀처럼 오지 않았다"는 절창으로 시작한다. 야간열차는 단풍잎 같은 몇 잎의 차창을 달고 어디론가 떠나고, 시인은 그리웠던 순간들을 호명하며 한 줌의 눈물을 불빛 속에 던졌다. 사람들은 한 두름의 굴비와 한 광주리의 사과를 만지작거리며 귀향했다. 민초들은 수십 년간 여기서 누군가를, 무엇인가를 기다렸으리라. 큰 주전자를 얹은 무쇠 난로가 떡하니 대합실 가운데 정좌하고 있다.

폐선로에는 운행을 멈춘 기차 두 량이 북카페로 변신했다.

몇몇 젊은이들이 선반에서 낡은 시집을 꺼내 펼쳐 본다. 봄날은 홀연히 갔다. 고즈넉한 초여름 오후의 정경이다. 술 마시고 노래하고 춤을 춰 봐도 가슴에는 하나 가득 슬픔뿐인 청춘을 싣고 날랐던 그 삼등 삼등 완행열차다. 목 놓아 부른 불후의 연가와 통기타 가락은 어느 녹슨 바퀴 틈새에 서려 있을까.

이곳 실레마을은 김유정의 성채다. 마을 전체와 한들(들판), 팔미천, 주변의 금병산 자락이 김유정 문학의 배경이자 산실이다. 그의 소설 31편 중 12편이 여기 살았던 사람들 이야기다. 연애가 뭔지도 모르던 내가 조숙한 점순이에게 떠밀려 '알싸하고 향긋한 노란 동백꽃 속에 파묻혀 땅이 꺼지는 듯 온정신이 아찔했던(김유정, 『동백꽃』)' 동백숲길도 남아 있다. 강원도에서는 생강나무를 동백이라 했다. 금병산 자락에 조성한 '금따는 콩밭길' '봄·봄길' '산골나그네길' 같은 열여섯 마당 실레이야기길은 김유정 작품을 따라가는 문학 기행이다.

생가를 복원하고 그의 문학 세계를 정리해 놓은 김유정 문학촌에 가 봤다. 해설사는 김유정을 이렇게 말했다. "일제강점기 우직하고 순박한 농촌 소작인의 가난과 비참을 해학과 서정과 반전으로, 감칠맛 나는 토속어로 그려 낸 김유정은 혜성처럼 등장한 천재 작가요, 30년대 한국 문학의 축복입니다."

실레마을에는 스토리텔링과 콘텐츠가 넘친다. 온통 문학과 예술의 세례를 받은 곳이다. 김유정 문학제, 김유정 문학상, 김유정 문학캠프, 야외 공연, 공예 체험, 실레마을 이야기잔치 같은 행사가 연중 줄을 잇는다. 화가와 작가 도예가들도 하나둘 모여들어 금병산예술촌을 만들었다.

김유정은 실연의 상처(당대의 명창이자 네 살 연상인 박녹주에게 수많은 연서를 보냈지만 답장은 없었다)와 모진 폐병을 안고 고향에 돌아왔다. 문단에서 이름을 얻었으나 술로 돈과 에너지를 다 소진했다.

문학관에는 평생 친구였던 휘문고보 동창 안회남에게 보낸, 슬프고 절박한 천재 작가의 편지가 남아 있다.

"나는 병마와 최후의 담판을 하고 있다. 나에게 돈이 시급히 필요하다. 돈 백 원을 만들려고 한다. 탐정소설 번역할 거라도 보내다오. 닭 30마리 고아 먹고 일어나야겠다. 그리고 땅꾼을 들여 살모사 구렁이를 십여 마리 먹어 보겠다. 그래야 내가 다시 살아날 것이다. 돈, 돈, 슬픈 일이다."

죽기 열흘 전이었다. 그리고 스물아홉 어느 봄날 새벽, 달빛 속에 하얗게 핀 배꽃을 바라보며 그는 스러졌다. 죽어서 고향의 역 이름으로 환생할 것을 상상이나 했을까. 이게 문학의 생명력인가. 김유정역은 행복한 역이다. 2018년은 김유정 탄생 110주년이다.

노벰버
엘레지

11월도 벌써 반쯤 지나고 있다. 11월은 왠지 안쓰럽고 애처로운 달이다. 1년 열두 달 중 가장 푸대접을 받는 달이 아닐까 싶다. 10월처럼 들뜨거나 화려하지도 못하고, 12월처럼 부산하거나 유의미하지도 않다. 토·일 빼고는 노는 날마저 없는, 내세울 것이 없는 그저 하루 부족한 30일짜리 달이다. 직장이나 단체의 행사나 결혼식도 거의 없다. 돈 쓸 일도 별로 없는 달이다. 한 해의 하이라이트로 이어 주는 징검다리나 인터체인지 같은, 통과의례적 달이다.

숫자 11은 묘하다. 1은 홀로 빼어나 외로운 형상이다. 그 1이 나란히 서 있다. 빈 가지만 남은 두 그루 나무 같기도 하고, 쓸쓸해서 마주 앉았지만 영원히 결합하지 못하는 두 남녀의 형상 같기도 하다. 홀수 두 개의 합은 짝수가 아니었다.

누구나 가장 좋아하는 달이 있다. 11월을 좋아한다는 사람은 별로 없다. 만추와 초겨울은 단 며칠 사이다. 11월 초입까지만 해도 산야는 절정이다. 하지만 한번 비 내리고 잎이 지기 시작하면 천지는 곧바로 음산하고 음울하고 황량한 기운에 잠긴다. 숙살肅殺이라는 어려운 단어가 있다. '초목을 말려 죽이는 쌀쌀하고 냉랭한 가을 기운'이다.

감나무 마른 가지 끝에 매달려 있는 마지막 까치밥 하나가 애절하다. 고추잠자리는 느릿느릿 허공을 난다. 허수아비는 제가 걸친 옷처럼 늙어 간다. 들판은 습기가 빠져나가 바스락거리는 것들로 가득하다. 햇살은 여위어 긴 그림자를 끌고 있다. 지하철 출입구를 빠져나온 사람들이 총총히 제 갈 길로 간다. 욕망은 증발했고 영혼은 소진됐다. 일신은 적막하고 삶은 남루하다. 그 11월을 서늘하게 견뎌 낸다.

시인들은 그런 11월을 좋아한다. 찬란한 5월보다 쓸쓸한 11월을 노래한 시가 많다.

나태주는 「내가 사랑하는 계절」에서 "그 솔직함과 청결함과 겸허를 못견디게 사랑한다"고 11월에 헌사했다. 황지우는 "아, 이 생이 마구 가렵다(황지우, 「11월의 나무」)"했고, 도종환은

"가장 아름다운 건 이 무렵이다… 이제 거둘 건 겨자씨만큼도 없고 오직 견딜 일만 남았다(도종환, 「11월의 나무」)"고 노래했다. 김용택의 11월은 "아무런 까닭 없이 / 남은 생과 하물며 / 지나온 삶과 그 어떤 것들에 대한 / 두려움도 비밀도 없어진 계절(김용택, 「이 하찮은 가치」)"이다.

11월은 떠나면서도 떠나지 못한다. 이해인 수녀는 "두고 갈 것도 없고 / 가져갈 것도 없는 / 가벼운 충만함이여 // 헛되고 헛된 욕심이 / 나를 다시 휘감기 전 / 어서 떠날 준비를 해야지(이해인, 「11월의 마지막 기도」)"라고 기도했다. 이외수는 "독약 같은 사랑도 문을 닫는다 / 인간사 모두가 고해이거늘 / 바람은 어디로 가자고 / 내 등을 떠미는가(이외수, 「11월」)" 탄식했다. 다시 나태주에겐 "돌아가기엔 이미 너무 많이 와버렸고 / 버리기엔 차마 아까운 시간(나태주, 「11월」)"이다.

나는 젊은 날 미팅을 할 때 파트너가 "어느 계절을 제일 좋아하세요?"라고 의례적으로 물으면 "6월의 이른 새벽과 11월의 늦은 저녁요"라고 답하곤 했다. 낭만적인 대답으로 들렸을까, 아니면 이상한 사람이라고 생각했을까.

철이 들면서 계절이 선명하지 않은 환절기가 이상하게 좋았다. 갈비뼈에 철썩이는 외로움, 허파에 숭숭한 외로움(고정희, 「쓸쓸한 날의 연가」)으로 뼈마디가 욱신거렸다. 몸속에, 마음속에 무언가가 기어 다니는 거 같다. 그 생경한 낯섦이 좋았다.

11월이 아직 완강한 태세로 버티고 있다. 11월은 비움이자 떠남이면서, 또 다른 채움이자 영접이다. 그래, 나 언제 혼자 아닌 적이 있었던가. 인생은 나에게 술 한잔 사 주지 않았거늘. 더 해서 무엇 하며 덜 해서 무엇 한단 말인가. 사랑은 더 해서 무엇 하며, 술은 덜 마셔서 무엇 하리. 머잖아 첫눈은 내릴 테니. 당분간 더 속수무책으로 고독하리라.

5장

. . .

혼자는 외롭고
둘은 그립다

정직한 절망이 희망의 시작이다.
지금 할 수 있는 건 희망을 만드는 게 아니라
정직하게 절망을 견디는 일뿐이다.

밤은 선생이요, 책은 도끼다

내가 가장 좋아하는 책 제목이 있다. 『밤이 선생이다』라는 산문집이다. 고려대에서 평생 불문학을 가르친 문학평론가 황현산 선생의 에세이를 엮은 책이다. 여러 작가가 이 시대 최고의 산문집이라고 상찬했다.

2017년 5월 청와대에 초청받은 노회찬 의원이 문재인 대통령 부부에게 선물해서 뉴스를 타기도 한 책이다. 김정숙 여사는 노 의원에게 보낸 답례의 독후감에서 "시대의 비천함을 함께 마음 아파하고 더러 못생긴 것, 낮게 놓여 있는 것, 투박하거나 소박한 것을 향하는 선생님의 따뜻한 시선"이라고 했다. (이 편지는 노 의원이 공개했다.)

내가 오래전 이 책을 산 건 사실 제목에 꽂혀서다. 제목이 아름답고 간결한 아포리즘(잠언)이요, 한 줄의 시 같기도 하다. 프랑스 속담 'La nuit porte conseil'에서 영감을 받은 제목이라고 한다. 이 말은 '밤은 충고(가르침)를 가져다준다' 정도로 해석되는데 참 멋스럽게 우리말로 옮겼다.

선생이 이 제목으로 말하고자 한 건 무얼까.

낮이 이성의 시간이라면 밤은 상상력의 시간이다. 낮이 사회적 자아의 세계라면 밤은 창조적 자아의 세계다. 밝은 곳에 있는 가능성은 우리가 다 아는 가능성이고, 어둠 속에 있는 길이 우리 앞에 열린, 열릴 길이다.

_황현산, 『밤이 선생이다』 중에서

밤의 창가에 조용히 서 본다. 선생은 '보지 못한 것' '보이지 않던 것'에 대해 말하려 했다. 백주의 창에 서면 나를 볼 수 없다. 부산하게 돌아가는 바깥세상만을 보여 준다. 한밤의 창은 오롯이 내 얼굴만을 비춘다. 득의양양한 얼굴이든, 창백한 고뇌의 주름살이든, 삶에 지친 남루한 안색이든, 슬픈 자화상이든, 추악한 몰골이든 그대로 투영한다. 야창夜窓은 내면의 거울이다.

독서 이야기를 하려다 이 책 이야기를 먼저 꺼내게 됐다. 선생은 몸이 상하기 전까지는 밤에 책을 읽고 글을 쓰고 아침 6시에 잠드는 올빼미였다고 한다.

10월 이맘때를 등화가친이라고 한다. 사실 여러 조사를 보면 가을보다는 휴가철인 여름에 도서 판매량이 더 많다. 그런데 독서의 맛은 역시 가을밤이 제격이다. 휴가지에서의 독서는 '잉여 독서'다.

책을 펴는 순간, 변화는 이미 시작된다.
"우리가 읽는 책이 우리 머리를 주먹으로 한 대 쳐서 잠에서 깨우지 않는다면 도대체 왜 그 책을 읽는 거지? 책이란 무릇, 우리 안에 있는 꽁꽁 얼어 버린 바다를 깨트려 버리는 도끼가 아니면 안 되는 거야(카프카, 『변신』 저자의 말)."

한 줄 한 줄 읽을 때마다 단어와 문장의 껍질이 깨지는 소리가 들리고, 그 자국이 머릿속에 선명한 흔적을 남긴다. 얼어붙은 감성과 잠자는 세포가 싹을 틔워 가지를 뻗는다.

공자를 읽다가 인간의 도리를, 니체를 읽다가 삶의 비극적 통찰을, 톨스토이를 읽다가 사랑과 욕망과 구원의 본질을, 카뮈를 읽다가 세상의 부조리함을, 카잔차키스를 읽다가 인간은 자유로운 영혼임을, 문득 그러나 맹렬하게 깨닫는 순간이 온다. 답답했던 가슴이 뻥 뚫리고 가슴 벅찬 희열이 솟구친다. 실타래처럼 얽힌 오욕과 칠정이, 생과 사의 수수께끼가 답안지를 내민다. 뇌는 블랙홀이 된다. 마라토너에게는 보통 35킬로 지점에서 오는 무아지경인 '러너스 하이runners' high'가 있다는데, 독서에는 '리더스 하이readers' high'가 있다.

　가을밤은 차분하고 길어서 책과 벗하기 좋다. 밤은 가 보지 못한 길을 보여 주는 선생이고, 책은 나의 미욱함과 나태와 삶의 권태를 깨 주는 도끼날이다. 책 속의 글자들은 나의 곡비哭婢다. 깊어 가는 가을밤, 그대의 서재에서 "유레카Eureka"의 외침이 들려오기를.

2020년 장마,
종로에서

내 피와 살과 뼈는 비 오는 날에는 꼭 술을 마시라 한다. 누구라도 호출해 막걸리 한 잔에 빈대떡 한 장이라도 걸치라고 속삭인다. 비가 들락날락하는 날은 당연히 선술집이다. 난 강북 종로를 좋아한다. 아직은 좀 정취가 남아 있는 종로 뒷골목 피맛길이나, 힙한 익선동에 잠식돼 가는 종로3가 비좁은 갈매기살 골목을 휘젓고 다닌다.

그중에서도 문이 없어 밖이 훤히 다 내다보이거나 처마가 딸린 집이 좋다. 유리창 안에서 망연자실 바라보는 것보다 발아래 뚝뚝 내리꽂히는 자드락비, 그 날것의 냄새를 나는 사랑한다. 『비는 수직으로 서서 죽는다』(허만하 지음)는 제목의 시집이 있다. 그 투명하고 투박한 빗소리 안주 삼아 친구와 노닥노닥하는 게 나의 싸구려 '낭만에 대하여'다. 함석이나 양철 지붕이라면 빗방울 떨어지는 그 사나운 리듬에 몸은 더 근질거린다.

비는 노래와 비슷한 성질이다. 비도 음악처럼 소리와 선율이 있다. 비도 흐르고 음악도 흐르고, 비도 적시고 음악도 적신다. 그래서 비 오는 날엔 가객 김현식의 〈비처럼 음악처럼〉을 들어야 한다.

"비가 내리고 음악이 흐르면 / 난 당신을 생각해요 / 당신이 떠나시던 그 밤에 / 이렇게 비가 왔어요 / 난 오늘도 이 비를 맞으며 / 하루를 그냥 보내요 / 오 아름다운 음악 같은 / 우리의 사랑의 이야기들은 / 흐르는 비처럼 / 너무 아프기 때문이죠."

30년을 훌쩍 넘긴 지금도 그의 노래를 들으면 가슴이 덜컥 내려앉는다.

하나 더 있다. "Listen to the pouring rain / listen to it pour⋯⋯." 호세 펠리치아노의 〈Rain〉이다. fall(내리다)이 아니고 pour(퍼붓다)여서 좋다. 이 중독성 강한, 비장하면서도 웅장한 어쿠스틱 기타 리듬에 가슴이 반응하지 않은 적 없다. 동양적 애수가 묻어나는 소울풍의 목소리. 여전히 나는 촌스럽게 'Oldies but goodies'다.

전자는 천재라서 서른셋에 요절했다. 후자는 선천적으로 앞을 못 봤으니 비를 귀와 손바닥으로만 느꼈을 거다. 그래서 이 노래들이 더 애틋한 걸까.

유독 말 많았던 2020년 장마도 가고 있다. 주야장천 내려도 너무 내렸다. 비 내리는 낭만포차도 어쩌다지, 물에 잠긴 전국 마을 풍경을 보고 있노라니 술타령 음악 타령이 죄스럽다. 역대 최장 오란비(장마의 옛말)가 됐다고 한다. '코로나 블루'에 이어 '레인 블루'라는 말도 들었다.

눈을 똑바로 뜨니 주변은 참으로 어렵지 않은 게 없다. 코로나는 여전히 끝을 보여 주지 않는다. 모두 전전긍긍한다. 인간의 얼굴은 마스크로 평준화됐다. 오늘도 동네 카페 하나가 문을 닫았다.

그나마 음원 시장을 싹쓸이한 '싹쓰리'와 TV 채널을 점령한 〈미스터트롯〉 가수들을 보는 낙으로 산다는 사람도 있다지만, 난 이상하게 '기획된' 것들에겐 정이 안 간다. 수백 건이나 쏟아진 젊은 여성 의원의 분홍 원피스 뉴스에 짜증이 났다. 그런 것도 뉴스라고 생산되고 소비되는 방식이 싫다.

장마철에는 생각나는 노래가 또 있다. 정태춘의 〈92년 장마, 종로에서〉다. 그는 열정과 열망이 식은 92년 시대 풍경을 이리 쓸쓸하게 읊었다.

> 다시는 종로에서 깃발 군중을 기다리지 마라 / 기자들을
> 기다리지 마라 / 비에 젖은 이 거리 위로 사람들이 그저
> 흘러간다 / 흐르는 것이 어디 사람뿐이냐 / 우리들의 한
> 시대도 거기 묻혀 흘러간다

그렇다고 불평 말고 내가 무얼 할 수 있을까. 정작 팬데믹보다 무섭다는 기후변화, 이상기후에는 한마디 없이 정쟁에만 골몰한 이 더러운 판에 분기탱천해 거리로 나서야 할까. 사회적 거리두기를 모른 척 노래방에 갈 수가 있나.

그냥 이겨 내는 수밖에. 우울은 수용성이라는데, 운동하고 찬물에 샤워 한 판 하고 나면 나아지려나.

소설가 윤흥길을 작가 반열에 올린 중편 『장마』를 다시 꺼냈다. 아들을 각각 국군과 빨치산으로 보낸 사돈 가문이 긴 장마철 내내 싸우는 이야기다. 두 집안은 서로 할퀴고 증오하다 아들들이 다 죽고 장마가 걷히면서 비로소 손을 잡았다. 마지막 문장은 이렇다. "정말 지루한 장마였다."

정말 지루한 장마가 끝났다. 이제 햇볕 들겠다.

우리의 가장 외로운
가을

마스크로 코와 입을 막고 있어도 미상불 2020년 가을이 오긴 왔나 보다. 콧등에 스치는 바람의 점성이 예사롭지 않다. 이부자리를 말리러 옥상에 올라가니 하늘은 마냥 높고 푸르다. 사방의 산들이 다 한눈에 들어온다.

'주여, 지난여름은 위대하지 않았습니다.' 모두 힘들게 헤쳐왔다. 자연의 순환에 아랑곳하지 않고 아홉 달째 발톱을 감추지 않는 이놈의 바이러스 말고도 54일이라는 역대 최장의 장마와 두 번의 태풍이 모두를 할퀴었다.

이 난국에 어찌 추정秋情을 논하랴마는, 그래도 가을은 가을인 걸 어쩌랴.

가을은 본디 요란하게 오지 않는다. 참선을 마치고 하산하는 수도승처럼 조용히 의젓하게 아무 일 없다는 듯 왔다. 이제는 익히고, 발효하고, 채우고, 그러다 떨구고 마침내는 다 비운 채 긴 침묵의 시간으로 떠날 것이다.

2020년 가을은 모두의 생에서 가장 외로운 가을로 일기장에 남을 것이다. 나가도 궁둥이 붙일 곳이 없다. 지하철역 구내 쉼터도, 익숙했던 공간의 벤치들도 어느 틈엔가 자취를 감추었다. 광장도 사라졌다. 더 이상 함성과 노랫소리는 들리지 않는다. 열 재고 QR코드 찍고 들어가도 멀찍감치 떨어져 앉는다. 집 나간 며느리는 아니어도 고소한 전어구이집을 침 흘리며 지나쳐야 한다. 초등학교 운동회의 함성도, 시골 장터의 노래자랑도, 지자체의 요란한 축제들도 없을 것이다. 봄에는 유채꽃을 갈아엎더니, 저 하늘하늘한 코스모스를, 백설이 애애한 메밀꽃을 어찌하랴.

그런데 사실 코로나가 아니었어도 가을은 외로웠다. 가을은 어차피 외로움과 어깨동무하고 가야 한다. 누구는 떨어지는 단풍이 외롭고, 누구는 길섶에 이는 바람이 외롭다.

아니 인생 자체가 원래 외로운 거다. 열쇠 구멍 사이로 소리 없이 빠져나가는 연기 같은 거다. 이 세상 외롭지 않은 피사체는 없다. 정물도 외롭고, 산 그림자도 외로워서 하루에 한 번씩 마을로 내려오고, 종소리도 외로워서 울려 퍼지고, 가끔은 하느님도 외로워서 눈물을 흘리신다(정호승, 「수선화에게」). 흔들리지 않고 가는 사랑도, 젖지 않고 가는 삶도 없다(도종환, 「흔들리며 피는 꽃」). 혼자면 외롭고 둘이면 그리운 법이다.

2018년 영국이 세계 최초로 외로움부 장관(Minister for Loneliness)이라는 걸 신설했다. 백성의 외로움을 국가가 관리하고 덜어 주겠다는 것이다. 카페에 외로운 사람이 앉으면 누구라도 다가가서 말을 걸어 주는 '수다 테이블'도 만들었다. 코로나 시대에 그 테이블은 남아 있을까. 궁금해서 찾아보니 그건 확인이 안 되고 최근 영국의 한 신문이 외로움부 장관이 바뀌었다는 기사를 쓰면서 붙인 제목이 눈에 들어왔다. 「그래도 영국 국민은 외롭다」.

외로움을 풀어 줄 사람은 없다. 오롯이 자기 자신의 숙제다. 그건 과오도 벌도 아니다. 그냥 내버려 두는 수밖에.
중국의 정신적 지주로 불린 현대 작가 지셴린季羨林은 책 『다 지나간다』에서 "몇십 년 동안 우여곡절을 겪으며 살아보니 '끝내는 것'을 생각하는 것은 결코 쉬운 일이 아니다. 제일 좋은 방법은 내버려 두는 것, 그저 가을바람 불어 귓가를 스칠 때까지 기다리는 것"이라고 했다.

이 외로운 가을을 그렇게 버틴다. "힘이 들 때 / 더 힘내면 / 더 힘들다(하상욱)."

나는 가정을 이룬 후 처음으로 고향 가는 추석 열차에 몸을 싣지 않았다. 어머니는 세 번이나 전화하셨다. "애비야, 이번에는 안 내려와도 된다. 내년 설에나 오거라."

어머니, 죄송합니다. 선물은 택배로, 봉투는 통장으로 부치겠습니다. 성묘는 대행업체가 알아서 잘해 줄 거고요, 아버지한테는 온라인으로 절할게요. 총리님도 자기 팔아서 불효자식 되라고 합니다.

내 어머니는 정말 아들딸이 손주들이 오지 않기를 바라는 걸까. 충청도 어느 시골 길가에 '불효자는 옵니다'라는 현수막이 붙은 걸 뉴스로 봤다. 그 기발한 패러디에 앞서 머리와 가슴 사이에서 어찌할 바를 모르는 우리네 심정이 읽혀서 먹먹해진다.

쑥부쟁이와 구절초를
구별 못해도

나는 꽃과 나무에 대해 잘 아는 사람을 무조건 존경한다. 그런 사람하고 들길이든 산길이든 함께 걸으면 참 좋다. 그런 동행은 평화롭고 격조 있다. 바위 옆에 수줍게 피어난 야생화나 한겨울 앙상한 나무조차도 무슨 꽃이니 무슨 나무니, 왜 그런 이름이 붙었는지, 특성이 무언지 들려주면 놀랍고 존경스럽다. 난 그런 사람에겐 정말 한 수 접는다. 삶의 여유와 깊이와 멋을 아는 지혜롭고 선한 사람이라고 믿는다.

나는 안도현 시인하고는 결코 친구가 될 수 없다. 그가 짧은 시 「무식한 놈」에서 이렇게 선언했으니까. "쑥부쟁이와 구절초를/구별하지 못하는 너하고/이 들길 여태 걸어왔다니 // 나여,

나는 지금부터 너하고 절교絶交다!"

그래, 고백건대 나는 무식한 놈이다. 난 꽃맹, 나무맹이다. 한때 식물도감을 열심히 외워 보기도 했다. 그러나 시험공부 하듯 사진 보고 외운다고 머리에 박히는 게 아니었다. 눈썰미가 없는 나에겐 모양도 색도 고만고만한 꽃과 나무 이름을 구별한다는 게 넘사벽이다. 아마도 식물과 특별한 교감이 없이 살아와서 그럴 거라고 생각한다.

하지만 안 시인께서 설마 들국화류의 이 비슷한 놈들을 구별 못한다고 욕한 건 아니었으리라. 주변의 작고 하찮은 것들이라고, 맨날 마주치는 것들이라고, 그냥 무심코 지나치고 마음을 주지 못한 우리 모두를 향한 죽비일 게다.

시 「애기똥풀」에서도 그는 고백성사하셨다.
"나 서른다섯 될 때까지 / 애기똥풀 모르고 살았지요 / 해마다 어김없이 봄날 돌아올 때마다 / 그들은 내 얼굴 쳐다보았을 텐데요 // 코딱지 같은 어여쁜 꽃 / 다닥다닥 달고 있는 애기똥풀 / 얼마나 서운했을까요 // 애기똥풀도 모르는 것이 저기 걸어간다고 / 저런 것들이 인간의 마을에서 시를 쓴다고."

꽃에 대한 관심의 첫 번째는 이름을 아는 것이라고 한다. "내가 그의 이름을 불러 주기 전에는 / 그는 다만 / 하나의 몸짓에 지나지 않았다. // 내가 그의 이름을 불러 주었을 때 / 그는 나에게로 와서 / 꽃이 되었다(김춘수, 「꽃」)."

요즘 식물에 관심들이 무척 많다. 꽃과 나무 사진을 찍어 올리면 회원들이 거의 실시간으로 이름을 알려 주는 세계 최대 식물도감 토종 앱 '모야모'는 수십만 회원이 자발적으로 참여하는 집단 지성의 대표적 사례로 꼽혔다. 개발자는 2015년 '대한민국 인터넷대상'도 받았다.

반려동물 못지않게 반려식물을 택하는 사람들도 많아졌다. 1인 가구가 많아진 것도 이유라지만, 그 조용한 여유와 소소한 기쁨 때문일 게다. 내 집 베란다에도 아내 덕분에 식물들이 좀 있다. 나도 아침에 눈을 뜨면 베란다로 얘들부터 보러 간다. 꼬리를 흔들고 품에 안기는 애교는 없지만, 그 자리에 조용히 있는 그 자체만으로 위안이 된다. 환한 아침 햇살 아래 반짝이는 잎의 신비, 바람결에 하늘하늘 흔들리며 향기를 풍기는 우아함, 한겨울을 보내고 삐죽 솟아 나온 새순의 경이로움, 때를 알아서 조용히 피고 가만히 시드는 여유, 며칠 신경을 안 쓰면 시든 잎으로 내 게으름을 깨우쳐 주는 지혜…….

사실 잘 몰라서 그렇지 식물의 세계는 참으로 경이롭다. 명저로 꼽히는 『식물의 정신세계』(피터 톰킨스 공저)를 읽었는데 이런 말이 나온다. "식물도 인간처럼 생각하고 느끼고 기뻐하고 슬퍼한다. 예쁘다고 말을 들은 난초는 더욱 아름답게 자라고, 볼품없다는 말을 들은 장미는 자학 끝에 시들어 버린다. 떡갈나무는 나무꾼이 다가가면 부들부들 떨고, 홍당무는 토끼가 나타나면 사색이 된다."

식물이 동물보다 열등하다는 건 편견이라는 과학적 연구도 많다. 식물도 지능을 갖고 의사소통을 하며 외부의 환경과 자극에 대해 동물보다 훨씬 더 지각하고 전략적으로 반응한다는 것이다. 지구상 생물의 99.9퍼센트는 식물이다. 고로 식물국회, 식물인간이란 말은 식물에 대한 모욕이다.

우리의 육신은 동물성이지만 나이를 먹어 가면서 몸 안에 식물성이 자란다. 성호르몬의 변화와 비슷하다. 무심코 지나치던 나무와 꽃 이름이 궁금해지고 봄가을에 화훼 시장에 가고 싶은 마음이 생기면 나이를 먹어 간다는 뜻이요, 몸 안에 식물이 자라고 있다는 징표다.

식물은 한자리에서 조용히 피고 지지만, 잎으로 가지로 알거 다 알고 자연의 이치에 순응한다. 식물과 바라본다는 건 그런 세상의 이치를 깨닫는 것이다. 불가에선 삼라만상이 다 무정설법無情說法을 한다 했다. 식물은 키운다고 안 하고 '기른다'고 한다. 기르는 건 마음으로 보살피는 거다. 고독한 킬러 레옹은 늘 작은 화초를 안고 다녔다.

식물이 인테리어나 사진 배경이 아니라 교감과 반려의 상대라는 걸 깨닫는 데 오래 걸렸다. 인생의 내리막길에서 알았다. 세 줄짜리 시는 말한다. "내려갈 때 보았네 / 올라올 때 못 본 // 그 꽃(고은, 「그 꽃」)."

어디서 무엇이 되어
다시 만나랴

이상하게 가슴에 사무치는 구절이 있다. 그게 시구거나, 노랫말이거나, 영화 대사거나, 혹은 첫사랑이 남기고 떠난 이별의 말이거나, 먼저 가신 부모님이 자주 하시던 말이거나, 누구나 한두 개쯤은 가슴에 안고 산다. 그건 오랫동안 심장에 용해돼 머리보다 눈자위가 먼저 반응하는 말이다. 나는 '사무치다'라는 단어마저도 사무친다.

내게 오래 사무쳤던 말을 얼마 전에 우연히 마주쳤다. 2019년의 늦가을이 막 건너가고 있는 과천 국립현대미술관에서다. 거기서 열리고 있는 〈광장-미술과 사회 1900~2019〉 전시에서 그림의 제목이었던 그 말과 그 그림을 정말 오랜만에 본 것이다.

〈어디서 무엇이 되어 다시 만나랴〉. 나는 수화 김환기(1913~1974)의 이 그림을 지금은 다른 건물이 들어선, 한국일보 구사옥 스카이라운지 복도에서 1982년에 처음 봤다. 짙푸른 작은 네모 점들이 화면 가득 점점이 박힌 그림도 그림이거니와 그림 옆에 붙은 제목이 강렬하게 가슴에 파고들어 평생 잊히지 않았다. 한국일보가 1970년에 제정한 한국미술대상 제1회 대상 작품이었다.

그림 제목이 시인 김광섭의 「저녁에」라는 시의 마지막 구절에서 차용된 것이라는 사실을 나는 한참 후에 알았다. 1970년 환기의 친구 김광섭은 뉴욕에서 외롭게 그림을 그리던 환기에게 연하장을 보내며 자신의 이 시가 실린 잡지를 동봉했다.

저렇게 많은 중에서 / 별 하나가 나를 내려다본다 / 이렇게 많은 사람 중에서 / 그 별 하나를 쳐다본다 // 밤이 깊을수록 / 별은 밝음 속에 사라지고 / 나는 어둠 속에 사라진다 // 이렇게 정다운 / 너 하나 나 하나는 / 어디서 무엇이 되어 / 다시 만나랴

환기는 이 시를 읽고는 붓을 들었다고 한다. 고향 안좌도(전남 신안군)의 파도와 하늘, 그리운 고국 친구들을 하나하나 검푸른 점으로 찍어 나갔다. 그리움 하나 점 하나, 슬픔 하나 점 하나, 그리움이 깊을수록 붓도 점도 오래 머물러 번져 나갔다. 결

혼식 주례를 서 준 화가 고희동과 사회를 본 시인 정지용, 자신이 시집 표지를 그려 준 노천명, 그림을 사 준 최순우, 피난 시절 부산에서 자주 술잔을 나누던 이중섭, 장욱진, 조병화……. 환기의 유명한 점화點畵 시리즈는 이렇게 태어났다.

이 그림과 37년 만에 조우한 다음 날, 우연치고는 참으로 신기하게도 환기가 갑자기 살아 있는 듯 뉴스의 주인공이 돼 돌아왔다. 그의 다른 점화 작품 〈우주〉가 한국 작가로는 최고가로 경매됐다는 것이다.

내친김에 환기미술관에 갔다. 마침 환기재단 40주년 특별전 〈뉴욕에서의 환기-일기를 통해 본 작가의 삶과 예술〉이 전시 중이었다.

새벽부터 비가 왔나 보다. 죽을 날도 가까운데 무슨 생각을 해야 하나. 꿈은 무한하고 세월은 모자라다.

_김환기, 1974. 6. 16. 타계 39일 전

내가 그리는 선이 하늘까지 갔을까, 내가 찍은 점이 저 총총히 빛나는 별만큼이나 했을까. 눈을 감으면 무지개보다 환해지는 우리 강산.

_김환기, 1971. 1. 27.

환기미술관은 환기의 그림을 애지중지 보관해 온 부인 김향안이 1992년 종로구 부암동에 세웠다. 김향안은 시인 이상과 짧은 결혼 생활 끝에 사별한 후 환기와 사랑에 빠져 파리와 뉴욕을 따라다니며 평생을 뒷바라지했다. 아이 셋이 딸린 이혼남 환기와 스물여덟에 재혼하며 환기의 성과 아호 '향안'을 받아 본명 변동림을 버렸다. 김향안은 이화여전 영문과를 중퇴한 신여성으로 그 자신도 출중한 화가이자 작가였다.

환기는 뉴욕에서 병이 깊어져 1974년 여름 수술을 받았다. 그런데 이 무슨 변고인가. 다음 날 그는 병원 침대에서 떨어져 뇌사 상태에 빠졌다. 키가 커서 침상의 보호 장치를 떼어 놓은 게 화근이었다. 환기는 12일 후 즐겨 산보하던 뉴욕의 한 동네 묘역에 묻혔다.

'우리는 어디서 무엇이 되어 다시 만나랴'는 물음은 그렇게 미완이 됐다. 향안은 그로부터 30년 만인 2004년 89세 나이로 남편 곁으로 갔다. 환기는 의료보험료를 아끼기 위해 병이 깊어도 병원을 가지 못했다. 그의 점화 한 점이 사후 45년 만에 132억 원에 팔렸다. 세상과 인생이란 이리도 애꿎은 것인가. 글을 쓰는 지금은 12월 3일, 서울에는 또 어쩐 일인지 첫눈이 점점이, 점점이 내리고 있다.

✿ 고등학교
동창이라는 것

나이가 드니 동창을 자주 만난다. 내 나이쯤 되면 출퇴근 밥벌이를 하는 사람은 별로 없다. 정년이 늦은 교직자나, 평생 자격증을 지닌 전문직, 사업하는 친구를 빼고는 이제 명함이 없다. 당연히 시간이 많다. 물론 젊을 때부터 노후 설계를 알차게 해 놓아 "브라보 마이 라이프"를 즐기는 친구도 있지만, 어쨌든 집에 처박혀 삼식이 소리는 듣고 싶지 않다.

그럴 때 가장 만만한 것이 동창이요, 동창회다. 대한민국의 은퇴 가장을 비하하려는 의도가 아니다. 동창을 찾는 건 일종의 회귀본능 비슷하다. 사람도 때가 되면 연어처럼 귀소본능이 살아난다. 옛이야기 지줄대는 고향 마을 실개천이 불현듯 생각나고, 어느 날 꿈에 홀연히 나타난 아버지 묘소를 찾아 잡초 몇 개 뜯고 멍하니 앉아 있다 오기도 한다.

누구는 초등학교 동창이 좋다지만 나는 고딩 동창이 백배 좋다. 초딩 동창은 그저 편하다. 한 동네 살면서 천둥벌거숭이처럼 깨벗고 물장구치며 볼 거 다 보면서 놀았으니 가릴 게 없다. 또 보자마자 반말 터 주는 영숙이, 한 손으로 막걸리 수작할 수 있는 순자도 있으니까. 그런데 미안하지만 그냥 거기까지다. 그 이상 추억은 없다. 사실 유년의 기억은 희미한 풍경화다.

그런데 고등학교 동창은 격이 다르다. 생생하게 기억하고 평생 공유하는 스토리가 있다. 아픈 청춘의 첫 페이지를, 질풍노도의 시작을, 말죽거리 잔혹사를 함께 헤쳐 나간 이들이다. 나이 열일곱은 아이와 어른의 애매한 경계선에 파종된 꽃씨 같다. 개화의 시기는 달랐겠지만 같이 비와 천둥을 맞았다. 그 미숙한 열정과, 대책 없는 욕망과, 미욱한 앎을 서로 기억한다. 그 시절 방황하지 않은 고삐리가 어디 있었으랴. 우리는 모두 서로에게 싱클레어이자 데미안이었다.

산을 오르고, 당구를 치고, 술잔을 기울일 때도 언제나 추억은 화수분이다. 유독 기억력이 비상한 친구는 별걸 다 기억해 좌중을 즐겁게 해 준다. 누가 극장 갔다가 들켜서 교무실에 불려 가 한참을 맞고 왔다, 누구누구가 몰래 창고에서 담배를 피우다 들켜 정학을 맞았다, 수학여행 때 무슨 소동이 벌어졌다, 누가 달리기를 제일 잘했다, 누구는 옆 여자고등학교 학생하고 연애했다……. 다행히 누가 공부를 제일 잘했다는 말은 안 한다.

이제, 산전수전 겪은 모두의 귀거래사는 평등하다. 우리는 1등부터 꼴찌까지 이름 석 자가 나열된 방榜 속의 경쟁자였지만, 교련 시간의 전우이자 단체로 빠따를 맞은 공범이었고 이제는 다 같은 백수다.

그놈이 다 그놈이다. 백설이 내려앉은 놈이나 얄밉게 팽팽한 놈이나 그 낯짝이 그 낯짝이다. 키가 제일 작은 1번이었다고 기죽을 것도 없고, 60번이었다고 폼 잡을 이유도 없다. 기사 딸린 관용차를 타고 다닌 친구나, 대기업 CEO로 신문 지상에 이름 오르내리던 친구나 그냥 "○○아"로 불리는 자연인이 됐다. 사회에서 잘나갈 때는 사람이 엄청 꼬였겠지만 이제 끈 떨어진 사람에게 그럴 일은 없다. 서로가 김영란법에 위배될 일도 없다.

다들 열심히 살아왔다. 우리 때는 고교평준화 직전이었기에 아무런 연이 없는 서울놈 촌놈 720명이 전국 8도에서 다 모였다. 그 출사표에 영예의 깃발만 펄럭였을까. 출세와 양명과 축재의 인생 경주에서 누군가는 물살을 가로지를 마지막 힘이 달려 지느러미 찢긴 채 남대천 그 언저리에서 주저앉았을지도 모른다. 그래도 모천은 하나다. 모교가 그 모천이다. 이제 스승님은 거의 다 가셨다. 각자가 서로의 스승이다. 그의 주름살이 내 주름살이요, 그의 면상이 내 얼굴이다.

며칠 전 그들과 호프집에서 아시안게임 축구 결승전을 봤다. 목 터지게 응원하면서 밤 이슥하도록 통음했다. 학창 시절에는 서로 잘 몰랐던 동창들이다. 한 놈이 경작하는 충청도 시골 농장에 은행 따 주면 술 사 준다는 말에 낚여 갔다가 달밤에 도원결의한 끈끈한 8인의 모임, 이름도 낭만적인 '행화촌'이다.

평생을 이해타산 속에서 살아왔지만 계산서도 영수증도 필요 없는 관계. 그게 고등학교 동창이다. 올 때는 같이 왔지만 갈 때는 누가 먼저인가 늦게인가, 그 순서만 남았다.

❀

명함을
정리하며

한가한 김에 오랜 숙제를 해치웠다. 상자에 수십 년 첩첩이
쌓아 놓은 명함을 정리해 버린 것이다. 마치 인간관계를 두부
자르듯 자르고 사람을 용도 폐기하는 것만 같아서 미뤄 오고
미뤄 오던 '거사'였다. 나는 정리 강박이 있었다. 명함을 받으면
전화번호를 휴대폰에 입력하고 종이 명함은 별도로 차곡차곡
보관했다. 만난 날짜와 장소, 만남의 경위, 그 사람에 대한 정
보까지 메모해 놓아야 안심이 됐다.

책장 구석과 베란다 창고에 있는 명함 상자를 다 꺼내 풀었
다. 족히 2,000장은 넘었다. 이사 다닐 때마다 무슨 신줏단지
모시듯 끌고 다닌 것들이다. 빛바랜 명함들을 보며 잠시 추억

에 잠겼다. 마치 내 삶의 궤적을 복기하듯 명함 주인을 기억해 본다. 지금은 장관님이나 의원님이 된 분들의 소싯적 명함도 보인다. 이미 이 세상 사람이 아닌 분의 것도 보인다. 여성의 명함에는 은근히 신경이 쓰였다. 오랜 세월 잊고 있었지만 탄성이 나올 정도로 반가운 명함 주인도 있다. 해저 보물을 인양하듯 그런 명함은 따로 골라 놓았다.

그런데 3분의 2 이상은 내 기억 세포에서 지워졌거나 가물 가물한 사람들이었다. 나는 대범해지기로 했다. 서로에게 운명 같은 인연이라면 어떤 식으로든 다시 만나겠지. 가위를 꺼내 들었다. 9×4센티의 종이 한 장으로만 남아 있던 관계는 그렇게 종지부를 찍었다. 30년이 넘는 기간의 인간관계가 처음으로 대규모 용도 폐기되는 순간이다. 마음이 가벼워졌다.

왜 그리 명함 보관에 집착했을까. 미래의 인연이나 이익에 대한 막연한 기대감? 일종의 심리적 위안? 두터운 인맥의 과시? 결국 부질없는 욕심이었다. 이제 와 생각해 보니 서로에게 별볼 일 없었던 거다. 내가 관심이 없던 것처럼 그들도 내게 관심이 없었던 거다.

이제는 휴대폰 순서다. 연락처에서 한 명씩 한 명씩 번호를 지워 나갔다. 번호가 남아 있다고 해도 휴대폰이 무거워지거나 딱히 손해 볼 일도 아닌데 쓸데없는 짓을 하고 있다는 생각도 들었다. 그런데 이름과 얼굴은 알아도 1년에 단 한 번도 연락할 일이 없는 사람이 절반, 아니 3분의 2는 넘는 거 같다. 1년은커녕 평생 통화할 일이 없을 것 같다. 어떤 자리에서든 인사치레로 명함을 주고받으면 습관처럼 번호부터 저장해 놓은 게 많다. 아니 017, 018, 019까지 남아 있다니. 번호로만 존재했던 관계의 유효 기한도 이렇게 종료됐다.

한국 사회에서의 인연은 곧 인맥이자 스펙이다. 나도 그런 사회에서 살아왔다. 학연, 지연, 혈연, 업연, 심지어 우스갯소리로 흡연까지 강조했다. "우리가 남이가"를 참으로 많은 술자리에서 외쳤다. 마당발은 곧 그 사람의 인품이자 경쟁력이었다. 혼자 밥 먹으면 사회 낙오자로, 혼자 술집에 앉아 있으면 무언가 문제 있는 사람으로 보이던 시대를 살았다.

학연, 지연 같은 거 말고 4연이 있다고 한다. 인연, 악연, 우연, 필연이다. 물론 뒤의 두 개는 '그러할 연然' 자를 쓴다. 돌이켜 보면 우연이 인연이 된 사람도 있고, 필연인 줄 알았더니 악연이 되고 만 사람도 있었다.

던바의 수(Dunbar's number)라는 용어를 얼마 전에 알았다. 영국 인류학자 로빈 던바 옥스퍼드대 교수가 인류학적 문헌을 통해 면밀하게 연구한 결과, 인간의 인지능력이 감당할 수 있는 교류의 한계는 150명 정도라는 것이다.

휴대폰 연락처를 대충 다 정리하고 나니 그래도 1,000명이 남는다. 1,000명이라니, 이 중에 내가 볼 사람이 얼마나 될까. 다시 삭제하기 시작했다. 관계 맺기에 대한 집착과 강박이었다. 관태기(관계에 대한 권태기)가 온 건지도 모르겠다.

아내의
잔소리

수개월 전에 어머니를 여읜 친구한테서 또 부고가 왔다. 부친상이었다. 몇 달 간격으로 부모를 다 보냈으니 상심이 얼마나 컸을까. 부친에게 지병은 없었고 단지 어머니가 돌아가신 후 기운이 쇠잔해지고 우울증에 시달리셨다고 한다. 문상 온 친구들은 "그래, 그러셨을 거야"라며 위로했다.

살아가면서 이런 황망한 부고를 접하는 경우가 종종 있다. 좀 뭐한 이야기지만, 아내와 사별한 남자가 그렇지 않은 남자보다 일찍 사망한다는 건 통계적으로도 확인된 사실이다. 인터넷을 뒤져 보니 2017년 보험연구원이 발표한 조사 결과(2010년 기준)가 있다. 상처한 남자는 사망률이 4.2배나 높았다. 이혼한 남성도 2.7배 높게 나왔다. 반면 남편과 사별한 아내는 2.8배 정도 높았다. 그 차이가 많이 컸다.

왜 그럴까. 남편들은 아내가 곁에 있을 때 누리는 정서적 신체적 이익, 즉 결혼의 '보호 효과'가 아내의 경우보다 상대적으로 크기 때문이라는 게 일반적 해석이다. 가부장적 전통이 강하고 아내가 주로 살림을 하는 우리나라는 다른 나라보다 그 정도가 훨씬 크다고 한다.

남자는 왜 여자보다 독립적이지 못할까. 남자는 왜 아내가 늘 챙겨 줘야만 실수 안 하고 제대로 지내는 걸까. 과부는 잘도 사는데 홀아비는 왜 궁상맞게 보일까. 평생 가족을 먹여 살리고 직장에선 나름 인정받은 사람이 막상 제 몸 하나 건사하는 건 왜 이리 서툰 걸까. 남성의 평균 수명이 여성보다 7~8세 적은 게 다행일지 모르겠다.

이야기가 여기까지 흐르게 되자, 우리는 술을 마시며 우울하게 반성했다.

망자에겐 송구했지만, 누군가가 '메기효과(catfish effect)'라는 걸 말했다. 16~17세기 네덜란드는 북해의 청어잡이로 막강한 부를 쌓았는데, 청어를 수조에 넣어 육지로 운송하는 과정에서 많이 죽었다. 그런데 수조 안에 청어보다 덩치가 큰 바다

메기를 넣었더니 청어들이 잡아먹히지 않으려고 활발하게 헤엄을 쳐 대다수가 싱싱하게 살아남았다는 것이다. 가혹한 환경 요인이 오히려 문명의 발전을 촉발할 때 인용되는 말이다. '상어 효과'라는 비슷한 말도 있다.

"그럼 우리가 메기란 말입니까?"라고 아내 분들이 항의한다면 죄송하다. 그런데 크산티페(소크라테스의 악처)가 떠오른다. 악처는 남자를 위대한 철학자로 만든다고 하지 않는가.

언젠가 TV에 '듣기 싫은 아내의 잔소리 베스트 5'가 나온 적이 있다. 1위는 뭐였을까? "소변은 앉아서 보세요" "정조준 하세요"가 아니다. 방귀는 소리 안 나게 뀌시고 양말은 뒤집어 놓지 말라는 것도 아니다. 1위는 그냥 "여보!!!"였다. (느낌표를 세 개 붙였으니 그 억양과 강도로 상상해 볼 일이다.) 물론 정말 남편들이 싫어하는 한 방이 있긴 하다. "남들처럼 돈이나 많이 벌어다 주고 그러면 또 몰라."

"여보!!!"라는 날카로운 호명은 집에서나마 다리 쭉 뻗고 마음 편히 지내고 싶은 남편들을 바짝 긴장하게 한다. 그런데 (개인적 판단임을 전제로) 살다 보니 듣기 싫은 잔소리가 결국은 대체로 득으로 돌아오는 게 더 많았다. 한 친구는 아내 성화에 견디다 못해 5년 만에 대장내시경 검사를 받았는데 큰 용종을 다섯 개나 뗐다고 털어놨다.

이 시대 남편들에게 고한다. 수조 속에서 팔팔하게 살아남으려면 청어처럼 열심히 헤엄치시라. 홀아비는 심지어 일찍 간다는 걸 기억하시라. 아내의 지겨운 잔소리도 사무치게 그리운 날이 올 것이다.

소설가 이외수 씨가 2010년 4월 자신의 트위터에 이런 글을 올렸다. "아내들이여! 남편에게 보약 먹일 생각 하지 말고 잔소리 끊겠다는 생각부터 하라. 그 순간부터 온 집안에 사랑과 활기가 넘칠 것이다." 그러자 심상정 의원님이 바로 댓글을 다셨다. "남편들이여! 아내 말씀 받들어 인생에 손해 볼 일 없도다. 잔소리를 보약으로 생각하시라."

이 사회에서 명망가로 통하는 어느 분이 이렇게 말한 적이 있다. "내 인생에서 제일 잘한 것은 평생 아내 말을 따르며 살아온 겁니다."

오지 않는 전화를 기다리지 말 일이다

혜민 스님 말이 맞았다. 40대가 된 어느 가을날 깨달으셨다는 세 가지 중에 그 첫 번째 말이다. 내가 상상하는 것만큼이나 세상 사람들은 내게 그렇게 관심이 없다는 것.

별일 없냐고 걱정해 주는 놈도 없고, 답답할 텐데 술이나 한잔하자는 녀석 하나 없고, 모임은 어떻게 할 거냐고 묻는 놈도 없고, 전화와 카톡은 뚝 끊어져 버렸다.

그런데 생각해 보니 뭐 그리 욕할 건 아니다. 나도 그리하고 있으니 말이다. 이게 스님의 두 번째 깨달음이다. 내가 이 세상 사람을 다 좋아하지도 않는데 이 세상 모든 사람이 나를 좋아해 줄 이유가 없다는 것.

코로나19로 칩거 한 달째를 맞는다. 며칠 전이 경칩이었는데 난 아직도 기지개를 켜지 못하고 있으니 개구리보다 못한 신세다. 내 동네가 두문동이 될 줄 몰랐다.

익숙했던 그 모든 것들이 어색해지고 새로워졌다. 외식도, 영화관도, 도서관도, 여행도, 자주 보던 동네 해장국집 아주머니와도 이별을 고했다. 아이들이 귀가해도 스킨십은 없다. "빨리 가서 비누로 손 씻고 와." 병상에 누워 계신 어머니도 뵈러 가지 못한다. 한 명 이상 간병이 허락되지 않는다. "애야, 오며 가며 바이러스 옮을라." 당신도 신신당부하신다.

인간관계의 덕목들이 졸지에 거꾸로 블랙리스트가 됐다. 건배는 독배가 됐고, 악수握手는 악수惡手가 됐고, 덕德은 독毒이 됐다. 밥과 술을 함께하고, 사랑을 나누는 건 미필적 고의에 의한 살인미수가 될 수 있다. 공들이고 가꾸고 길들인 것들이 다 나를 배반했다. 유붕이 자원방래해도 불역낙호와? 아니다. 옷깃만 스쳐도 인연? 아니다. 2020년 버전은 옷깃만 스쳐도 악연이다. 사회적 거리두기에 대해 딴지를 부리려는 건 결코 아니다. 그것만이 확실하고 유일한 처방전이라는 거 잘 알고 있다.

그런데 익숙했던 바깥세상과 멀찌감치 떨어져 앉아 보니 내가, 내 주변이, 내 삶이 비로소 보이기 시작한다는 것이다. 정지의 시간에 정지의 힘을 배웠다. 머뭇거리고 기웃거리고 두리번거릴 일이 사라졌으니 마음은 평화로워졌다. 팔랑귀도 더 이상 쫑긋할 일이 없다. 안 보이던 것들이 눈에 들어오고 버려야 할 것들이 보였다. 부엌, 욕실, 책장, 신발장, 베란다 구석구석까지 다 보인다. 아내의 흰머리도 보인다. 계제에 많은 명함을 과감하게 용도 폐기하고, 너절한 공구함도 정리하고, 먼지 쌓인 책들과 낡은 구두 몇 켤레 내다 버렸다. 그래서 숲에는 간벌이 필요한가 보다. 벌초한 기분이다.

그리 기죽을 일도 아니다. 칩거하고 폐구하니 약국 앞에 줄 설 필요 없고, 단어도 어려운 그 비말인가 하는 거 걱정 안 해서 좋다. 좀 멋지게 생각하면 묵언 수행 아닌가. 우리 사이에는 별거 없었다. 다시 혜민 스님의 세 번째 깨우침을 빌리면, 남을 위한다면서 한 거의 모든 것들이 사실은 나를 위함이었다.

그렇다고 뭐 얼마나 오래 가겠는가. 그 지독한 연애도 끝이 있거늘, 꽃을 꺾는다고 봄이 안 오겠는가. 정호승 시인이 그랬다. 공연히 오지 않는 전화를 기다리지 말자고. 눈이 오면 눈길을 걸어가고, 비가 오면 빗길을 걸어가자고.

정지의
힘

요즘 좀 아팠다. 내 몸의 한구석이 그만 나이를 알아챘다. 병원에 다녔다. 그 사이 사회적 거리두기의 간격도 넓어졌다. 안팎으로 몸과 맘을 누일 처소가 없다. 그런데 이 유배의 세상 속에서도 무언가를 해야 한다는 초조와 강박은 본능처럼 일어선다.

한 편의 시가 내게로 걸어왔다. 페친의 포스팅에서 우연히 만났다. 그냥 지나칠 법도 했건만, 그 제목이 화살처럼 눈에 꽂혔다. 일곱 줄짜리 시에서 딱 네 줄째 읽어 가는 순간, 난 깨달음이 왔음을 깨달았다. 시는 유폐의 철문을 도끼로 사정없이 깨 버렸다. 문이 열렸다. 누추한 마음, 핍진한 사유, 두려운 미래가 해방되는 걸 느꼈다. 인생에는 가끔 이렇게 각성의 순간이 찾아온다.

백무산 시인이 2020년 3월에 낸 열 번째 시집 『이렇게 한심한 시절의 아침에』. 거기에 실린 시, 제목은 「정지의 힘」이다.

> 기차를 세우는 힘, 그 힘으로 기차는 달린다 / 시간을 멈추는 힘, 그 힘으로 우리는 미래로 간다 / 무엇을 하지 않을 자유, 그로 인해 무엇을 해야 할 것인가를 안다 / 무엇이 되지 않을 자유, 그 힘으로 나는 내가 된다 / 세상을 멈추는 힘, 그 힘으로 우리는 달린다 / 정지에 이르렀을 때, 우리가 달리는 이유를 안다 / 씨앗처럼 정지하라, 꽃은 멈춤의 힘으로 피어난다

아무것도 하지 않으면 아무 일도 일어나지 않는 줄 알았다. 연필을 깎든, 온라인백과사전을 뒤적이든, 아령을 들든 뭐라도 해야만 삶이 유의미한 줄 알았다. 성취는 간절함의 보상인 줄만 알았다.

이제껏 부작위不作爲 혐의에 시달리며 살아온 것이었다. 내가 마땅히 해야 할 일을 게을리해서 무언가가 잘못돼 가고 있는 건 아닌지, 늘 기웃거리고 두리번거리고 뒤돌아보았다. '아무것도 하지 않은 죄'에 대한 강박이었다. 나는 스스로 부작위에 의한 직무유기죄의 내부 고발자였던 것이다.

불안하기 때문에 질주할 수밖에 없었다. 정지하지 않았으므로 질주하는 이유도 몰랐다. 내가 상실한 건 정지의 감각이었다.

이 세상 모든 탈것의 역사는 브레이크의 역사라는 걸 몰랐다.

미미한 겨자씨 하나도 기실 정지의 힘으로 피어난다는 것, 하지 않을 자유가 하게 하는 힘이요, 되지 않을 자유가 되게 하는 힘이라는 것. 이 시는 선문답이자 아포리즘이었다.

그렇다고 일부러 내려놓거나 함부로 버리지는 않겠다. 어차피 무소유는 가진 뒤의 자유요, 소유가 있은 뒤 조합된 낱말이다(백무산, 「무무소유」). 삶은 롤러코스터처럼 엎어지고 자빠져도 매 순간 그 궤적이 이어지기 마련이다.

2021년을 앞두고 12월로 접어드는 시간. 지금 나를 에워싸고 있는 건 단절, 고독, 초조, 불안이다. 정직한 절망이 희망의 시작이다(박노해, 「길이 끝나면」). 지금 할 수 있는 건 희망을 만드는 게 아니라 정직하게 절망을 견디는 일뿐이다. 바람은 딴 데서 오고 구원은 예기치 않은 순간에 온다(김수영, 「절망」). 난 어두운 터널 앞에 담담히 그러나 기품 있게 정지해 있겠다.

우는 소리는 내지 않겠다. 내가 얼마나 외로운지, 괴로운지, 미쳐 버리고 싶은지, 미쳐지지 않는지 당신에게 토로하지 않겠다. 차라리 강에 가서 말하겠다. 우리 강가에서는 눈도 마주치지 말자(황인숙, 「강」).

코로나 시대의
사랑

아내는 역시 현명했다. 나보다 한 수 앞을 읽었다. 잔소리는 위대했다. 몇 달 전만 해도 난 가장의 위세를 떨며 반항했다. "아니, 무슨, 식구가 남이야? 정나미 떨어지게……."

아내는 코로나 초창기부터 단호했다. 갑자기 구획이 네 칸 지어진 접시들을 사 오더니 모든 반찬은 각자 덜어 먹을 것을 지시했다. 그리고 국자와 덜어 먹기용 큰 젓가락을 내밀었다. 어쩌다 내 수저를 반찬이나 찌개에 대면 바로 지청구가 떨어졌다. 가히 '매의 눈'이었다. 그뿐이 아니었다. 밥상머리 교육 좀 하려고 하면 "침 튑니다" 하며 내 입을 막았다.

이건 아니다 싶었다. 내 부모 때부터 당연했던 밥상 풍경이 아니었다. 잘생긴 뚝배기에 모락모락 보글보글 끓는 된장찌개에 이 숟가락 저 숟가락 넣었다 뺐다 하며 같이 먹는 게 한 가족이지, 말없이 모양 빠지는 종지에 알아서 각자 덜어 먹으라니.

하지만 난 곧바로 꼬리를 내렸다. 세상이 바뀌고 있다는 걸 깨닫는 데 오래 걸리지 않았다. 그게 뉴노멀의 생존 법칙이라는 걸 진지하게 받아들였다.

각자 덜어 먹으니 변화도 생겼다. 적게 먹게 되고 식탁이 평등해졌다. 밥상에서의 서열과 권력 관계도 사라졌다. 가장이라고 먼저 젓가락 대고, 굴비 한 조각 더 오는 게 아니었다.

결국은 '식구' 이야기다. 식구食口, 아마 어느 나라에도 이런 단어는 없을 거 같다. 한영사전을 찾아보니 기껏해야 '패밀리 멤버'라고 번역된다. 중국에도 '자쭈家族'는 있지만 식구라는 말은 없다고 한다. 가족이란 단어는 일본에서 왔다는 게 정설인데, 식구는 언제부터 썼는지 이리저리 찾아봐도 알 수가 없다.

가족은 밥과 상관이 없을 수 있지만 식구는 아니다. 밥을 함께 먹지 않으면 식구가 아니다. 보릿고개가 있고 입에 풀칠하기도 어렵던 시절, 음식은 당연히 귀했다. 때론 피보다 밥이 더 중요했다. '밥 구멍'이 모든 가치를 초월했다.

그 시절을 겪은 우리 세대에게 식구란 단어는 짠하면서 찡하다. 그 말에는 헌신, 희생, 눈물 같은 게 오버랩된다. 어릴 때는 식구란 말의 어감이 참 촌스럽고 궁상맞다고 생각했다. 반면 가족이란 말은 무언가 모던하고 있어 보였다. 그런데 내가 가장이 돼 보니 이처럼 치명적, 운명적이면서도 정겨운 단어가 없다. 때론 다 내주어 버려야 할 것 같은, 눈시울 붉어지는 말이다. '가족관계'는 있어도 '식구관계'란 말은 없다. 식구는 관계가 아닌 것이다. 밥상 공동 운명체다.

식구는 '집밥'에 존재한다. 집밥은 집에서 먹는 밥이 아니다. 새끼와 어미, 아비, 밥상머리라는 유대가 섞이지 않으면 집밥의 자격이 없다. 밥은 만드는 게 아니라, 옷이나 집이나 글처럼 '짓는다'고 말한다. 짓는 것과 만드는 것은 급이 다르다. 그래서 집밥은 그냥 포복飽腹하기 위함이 아니다. 배를 채우는 게 아니라 영혼의 허기를 채우는 거다.

이제 그 식구가, 그 집밥이 변해야 한다고 말한다. 변할 수밖에 없다고 한다. 우리 민족이 원래 독상 문화였다지만 그건 신분제 사회, 남녀 차별 사회였을 때다. 지금은 남녀가 유별하지 않고 성 평등한 세상인데도 밥상 풍경이 달라져 가고 있다. 식구끼리 따로 먹는 집도 있다.

정부도 이참에 밥상 문화를 개선하자고 한다. 세계가 찬탄

한 K방역의 나라치곤 너무 뒤늦은 '식생활 개선'이라는 자각의 소리도 들린다. 술잔을 돌리지 않는 게 자연스러워진 것처럼, 내 밥그릇 네 밥그릇, 내 반찬 네 반찬도 자연히 정착될 거라고들 한다.

아무리 그래도 나는 좀 아쉽다. 나는 여전히 다 큰 딸아이에게 고등어 가시를 발라 주고 싶다. "자, 아아" 하며 입이 터질세라 상추쌈을 넣어 줄 때, "아빠는…" 하며 눈을 흘기는 그 모습이 여전히 그리울 거다. 그런데 이제 그 시절로 돌아갈 수 없음을 엄숙히 받아들여야 하는 건가. 슬프지만 인정해야 하는 건가. 코로나 시대의 사랑은 달라져야 한다는 것을.

나의
나타샤에게

이 겨울은 이 시 하나로 충분하다. 시 하나로 나를 견뎌 내고 있다. 혹독한 이 겨울을 시 하나로 건너가고 있다. 내 영혼이 가난하고 내 안은 번잡하지만, 시 한 편이 날 비운다.

우연이었다. 서울에 폭설이 푹푹 내리던 날, 난 이런저런 이유로 우울했다. 도시의 골목을 걷게 됐다. 건물 사이엔 눈 커튼이 처져 몇 치 앞도 보이지 않았다. 그러다 언뜻 눈발 사이로 눈가에 스쳐 지나간 간판. 그 시의 제목을 내건 북카페였다.

나타샤, 오랜 세월 잊었던 이름이다. 간판에는 흰 당나귀까지 그려져 있었다. 응앙응앙 당나귀 울음소리가 들렸다. 눈은 고조곤히 쌓여만 갔다.

소주 한잔의 유혹을 어찌 견딜 수 있단 말인가. 나는 순댓국 집에 혼자 쓸쓸히 앉아 소주를 마셨다. 그리고 누군가를 많이 그리워했다. 그와 같이 흰 당나귀 등을 타고 출출이(뱁새) 우는 산골로 떠나는 꿈을 꾼다.

우리는 소싯적에 이 시를 적어도 한 번쯤은 필사했거나 연애 편지에 몇 구절을 훔쳤을 것이나, 모진 세월은 세상에서 가장 슬프고 아름다운 이 시를 잊게 했으리라. 좁은 지면임에도 「나와 나타샤와 흰 당나귀」(1938년 발표) 전문을 백석(1912~1996)의 시어 그대로 옮긴다.

가난한 내가 / 아름다운 나타샤를 사랑해서 / 오늘밤은 푹푹 눈이 나린다 // 나타샤를 사랑은 하고 / 눈은 푹푹 날리고 / 나는 혼자 쓸쓸히 앉어 소주를 마신다 / 소주를 마시며 생각한다 / 나타샤와 나는 / 눈이 푹푹 쌓이는 밤 흰 당나귀 타고 / 산골로 가자 출출이 우는 깊은 산골로 가 마가리에 살자 // 눈은 푹푹 나리고 / 나는 나타샤를 생각 하고 / 나타샤가 아니 올 리 없다 / 언제 벌써 내 속에 고조 곤히 와 이야기한다 / 산골로 가는 것은 세상한테 지는 것 이 아니다 / 세상 같은 건 더러워 버리는 것이다 // 눈은 푹 푹 나리고 / 아름다운 나타샤는 나를 사랑하고 / 어데서

흰 당나귀도 오늘밤이 좋아서 응앙응앙 울을 것이다

너를 '사랑하고'가 아니라 굳이 '사랑은 하고'이다. 가난하고 쓸쓸한 그는 나타샤를 사랑하지만, 현실은 어렵다. 깊은 산골 마가리(오막살이)에 살고 싶은 건 소망이자 환상이다. 하지만 현실을 도피하는 것이 아니라 더러운 세상을 버리는 것이라고 가난을 위안한다.

백석으로 말미암아 시인이 됐다는 안도현은 『백석 평전』에서 이렇게 썼다.

내가 너를 사랑해서 이 우주에 눈이 내린다니! 그리하여 나는 가난하고, 너는 아름답다는 단순한 형용조차 찬란해진다. 첫눈이 내리는 날 사랑하는 사람을 만나고 싶다는 말은 백석 이후에 이미 죽은 문장이 되고 말았다.

백석의 '나타샤'에 대해선 이론이 많다. 1996년 시세가 1,000억이 넘는 요정 대원각을 법정 스님에게 시주해 길상사 도량으로 만들고 첫눈 나리는 날 거기에 재로 묻힌 기생 자야(김영한, 1916~1999)라는 게 통설이다. 자야는 "내가 평생 모은 이 돈은 그의 시 한 줄만 못하다. 나에게 그의 시는 쓸쓸한 적막을 시들지 않게 하는 맑고 신선한 생명의 원천수였다"고 했다.

하나 되지 못한 그 둘의 애틋한 순애보는 뮤지컬로도 여러 번 만들어져 심금을 울렸다. 그런데 나타샤가 굳이 사랑하는 여인이 아니면 또 어떠랴. 누구의 가슴 속에도 나타샤는 어떤 대상이나 형태로, 어떤 낱말이나 어떤 이미지로도 있을 수 있다.

나도 힘들고 당신도 힘들고 모두 힘들다. 일본 유학, 훤칠한 외모, 당대의 '모던 보이', 대책 없는 연애꾼, 윤동주가 그의 시를 필사해 가슴에 품고 다녔다는 백석. 월북 작가가 아님에도 북에 남았다는 이유만으로 남측에서 부정된 채 삼수갑산 양치기로 살다 간 그의 생애도, 비록 지금은 소월과 지용과 만해를 넘어 100여 편의 시만으로 단연 한국 문학의 북극성이라는 위치에 올랐지만, 힘들고 고독했을 게다.

일본인 친구이자 문인인 노리타케 가즈오(則武三雄)에게 술을 마시다 써 주었다는 「나는 취했노라」를 읽는다. 인생은 행복해도 취하고 불행해도 취한다.
"나 취했노라 / 나 오래된 스코틀랜드의 술에 취했노라 / 나 슬픔에 취했노라 / 나 행복해진다는 생각에 또한 불행해진다는 생각에 취했노라 / 나 이 밤의 허무한 인생에 취했노라."

당신의 나타샤는 누구인가. 무엇인가. 나의 나타샤에게 이 시를 바친다. 창밖엔 흰 눈이 아닌 찬비가 내리고 있다. 백석을 읽으며 내 안의 번민과 사특함을 지운다.

잎보다 먼저 피어나는
꽃처럼

입춘, 우수도 지났건만 사람들 마음은 춘래불사춘이다. 2021년 두 번째 코로나 봄을 맞는다. 뒷산에서 이미 노란 복수초와 하얀 노루귀를 보았다. 올해는 봄꽃 개화 시기가 좀 빨라진다고 하는데 전국의 산수유, 매화, 유채꽃, 벚꽃 축제가 취소됐다는 소식이 들린다.

봄꽃들은 대개 잎보다 먼저 핀다는 사실을 아는 사람이 의외로 많지 않다. 봄꽃은 알몸으로 피는 것이다. 나무들은 보통 잎을 먼저 내고 햇볕을 받으면서 꽃을 내밀지만 이른 봄에 꽃을 피우는 많은 식물은 반대다. 개나리, 진달래, 철쭉, 목련, 벚꽃, 매화, 산수유, 생강나무, 살구나무, 자두나무, 복숭아나무,

배나무, 조팝나무, 미선나무…….

이른 봄꽃들은 함초롬하니 키가 작고 예쁘다. 그 여리고 앙증맞은 것이 잔설을 뚫고 이파리의 호위도 없이 봄을 살포시 밀어 올리는 것이다. 그래서 이른 봄 산모롱이 구석에서 조우하는 야생화는 발길을 멈추게 한다. "아" 하는 탄성 한마디에 길고 암울했던 겨울은 끝났다.

그 아이들은 왜 꽃부터 틔울까. 낭만적 스토리는 아니다. 다른 풀이나 큰 나무가 햇볕을 가리기 전에 수정해 번식하려는 강인한 생존 전략일 따름이다. 작고 연한 것들이 기댈 구석이 뭐가 있으랴. 곤충에게 쉽게 발견되도록 색색의 꽃부터 피우고, 바람에 꽃가루가 잘 날려 가게 방해가 되는 이파리를 내지 않는 것이다. 꽃을 피울 때 필요한 온도가 잎보다 낮기 때문이라는 연구도 있다.

이쯤에서 이 시를 토설하지 않을 수 없다.

벗이여 / 이제 나를 욕하더라도 / 올 봄에는 / 저 새 같은 놈 / 저 나무 같은 놈이라고 욕을 해다오 // 봄비가 내리고 / 먼 산에 진달래가 만발하면 // 벗이여 / 이제 나를 욕하더라도 / 저 꽃 같은 놈 / 저 봄비 같은 놈이라고 욕을 해다오 / 나는 때때로 잎보다 먼저 피어나는 / 꽃 같은 놈이 되고 싶다.

_정호승, 「벗에게 부탁함」

시인 김선우는 이렇게 해석을 달았다. "꽃이 귀해서, 새가 귀해서, 현대인의 삶과 가슴속에 봄비가 하도 귀해서 욕으로라도 꽃으로, 새로, 봄비로 불리고 싶네. 꽃도, 사랑과 고통도, 나무도, 새도 모르는 냉혈인간이 된 내게 욕이라도 그리해다오. 모두 잎일 때 꽃인 놈, 새가 사라진 뒤에도 새인 놈, 비 그친 뒤에도 봄비인 놈으로 기억해다오."

시인에겐 봄, 봄, 봄이 간절하다. 그 봄은 꼭 계절적 봄만은 아닐 거다. 잎이 돋기 전에 피어나는 봄꽃 같은 놈이 되고 싶다는 시인의 마음을 생각한다.

그는 다른 봄의 시에서 또 이렇게 노래했다. "꽃씨 속에 숨어 있는 / 꽃을 보려면 / 평생 버리지 않았던 칼을 버려라(정호승, 「꽃을 보려면」)", "길이 끝나는 곳에서도 / 길이 되는 사람이 있다 / 스스로 봄길이 되어 / 끝없이 걸어가는 사람이 있다 / 스스로 사랑이 되어 / 한없이 봄길을 걸어가는 사람이 있다(정호승, 「봄길」)".

이 혹독한 시절에도 계절은 어김없이 바뀌고 있다. 그런데 바람만 봄이면 어쩌란 말이냐. 내 마음에 봄이 와야지. 머리에 꽃 꽂고 꽃 같은 놈, 꽃 같은 년이 되어 스스로 봄이 될 수 있다면.

나는 상상한다. 병상의 아내를 일으켜 세우고, 무릎 아프신 노모의 손을 잡고, 앞과 뒤에 딸과 아들을 호위무사 삼아, 나 봄길이 되어 꽃바람 속으로 걸어가리라. 내 가죽을 벗겨 그대의 구두 한 켤레와, 부드러운 소파와, 따뜻한 장갑과, 만 원짜리 지폐 몇 장은 늘 남아 있는 지갑으로 만들 수 있다면 행복하리라(정호승, 「다시 벗에게 부탁함」).

봄을 기다리지 말고 차라리 내가 봄이 되리라.

바람이 내 등을 떠미네

아픈 청춘과 여전히 청춘인 중년에게

초판 1쇄 인쇄 2021년 6월 1일
초판 1쇄 발행 2021년 6월 7일

글   한기봉

펴낸이 김연홍
펴낸곳 디오네

출판등록 2004년 3월 18일 제313-2004-00071호
주소   서울시 마포구 성미산로 187 아라크네빌딩 5층(연남동)
전화   02-334-3887   팩스 02-334-2068

ISBN 979-11-5774-695-8 03810

디오네는 아라크네 출판사의 인문·문학 분야 브랜드입니다.